독서불패

위대한 독서광들의 성공 스토리
독서불패

2001년 7월 1일 초판 발행
2022년 10월 5일 3판 25쇄 발행

글쓴이 · 김정진
디자인 · DESIGN MATE
일러스트 · 권오택
펴낸곳 · 도서출판 자유로
등록번호 · 제303-2005-2호
주소 · 서울시 성동구 성수1가 685-201
Tel · 02) 3409-2217
Fax · 02) 3409-2218

copyright ⓒ jayuro co,. Ltd

*잘못 만들어진 책은 바꿔 드립니다.

이 책은

이 책은 독서해서 성공한 사람들의 이야기입니다.
이 책은 독서하면 능력 있는 사람이 될 수 있음을 증명해 주고 있는 책입니다.
이 책이 여러분을 독서하는 사람으로 변화시켜 주리라고 믿습니다.
그래서 여러분의 삶이 한층 더 풍요로워지기를 소망합니다.
독서의 능력은 놀라운 것입니다.
보다 높고 원대한 목표를 세우십시오.
그리고 책을 통해 새로운 힘과 용기를 얻어 그 목표를 성취하는 기쁨을 누리십시오.
나아가 자신의 삶에서 높이 들어 올려지는 희열감을 맛보십시오.

차 례

01 **세종**
　　백독백습으로 이룩한 15세기 지식 경영 사회 / 7

02 **나폴레옹**
　　유럽 전역을 덮은 광대한 독서 상상력 / 23

03 **링컨**
　　거듭된 실패와 절망을 이겨낸 성경 읽기 / 39

04 **정약용**
　　실천적 행동력을 지닌 신지식인 독서 / 59

05 **에디슨**
　　도서관을 통째로 읽은 벤처의 선구자 / 77

06 **헬렌켈러**
  육신의 장애를 떨쳐버린 손가락 끝 독서 / 93

07 **모택동**
  독서로 이룬 혁명의 씨앗과 결실 / 113

08 **김대중**
  고난의 독서에서 배운 도전과 응전 / 133

09 **박성수**
  독서 경영으로 이룩한 신실한 기업 / 151

10 **오프라윈프리**
  독서로 얻은 인간 감정의 원초적 이해 / 167

01. 세종

백독백습으로 이룩한 15세기 지식 경영 사회

세종(世宗 ; 1397-1450) :
조선조 제 4대 임금

역사상 가장 뛰어난 성군

역사를 기록한 사관은 세종 임금에 대하여 다음과 같이 기록 하였다.

"인자하고 효성이 지극하며, 과감하게 결단하고, 배우기를 좋아하되 게으르지 않아 손에서 책이 떠나지 않았다. 나라의 일에 힘쓰기를 처음과 끝이 한결같아 문(文)과 무(武)의 정치가 빠짐없이 잘 되었고, 거룩한 덕이 높고 높으매 사람들이 요순시대 같은 태평성대라 하였다."

세종대왕은 우리 역사에서 가장 뛰어난 제왕이며, 성군이다. 22세에 국가 경영의 대권을 잡은 그는 영명한 경세가였다. 성품이 어질고 재능이 출중하였으며, 다방면에 통하지 않은 분야가 없었다. 도량이 바다같이 넓고, 학문을 좋아하였고, 서화에 능하였으며, 의지가 굳어서 한번 옳다고 생각한 일은 어떤 어려움이 있더라도 관철하였다.

세종 시대는 우리 민족의 역사상 가장 찬란한 문화 중흥을 이룬 시대이다. 정치, 경제, 사회, 문화 등 모든 면에서 민족 문화의 꽃을 피웠으며, 나라의 기틀이 견고하게 선 시기였다.

세종을 이와 같은 탁월한 지도자로 만든 가장 중요한 요인이 무엇일까? 그것은 세종의 '독서' 능력이다. 세종이 왕위를 계승할 왕세자의 신분이 아니었음에도 불구하고 왕위를 계승하게 된 것부터가 그의 독서 열심에서 비롯된 것이다.

돌상에서 책을 집은 원정 아기

우리 나라의 전통 민속처럼 전해 내려오는 것 중에, 아기가 돌 상에 놓인 것 중 무엇을 가장 먼저 집는가를 보고 그 아이의 장래를 짐작해 보는 풍습이 있다.

원정(세종의 어릴 때 이름)은 상 위에 가득 놓인 온갖 음식과 물건들을 두루 살펴본다. 상 위에는 떡과 과일, 주발의 쌀, 실타래, 숟가락과 젓가락, 금은 보화, 돈과 패물, 책과 종이와 붓, 활과 꽹과리 등 어린 눈을 빼앗아 갈 만한 좋은 것들이 가득하다. 학자가 될 사람은 책을 잡고, 명필가는 붓을 잡고, 실을 잡으면 수명이 길고, 금이나 돈을 잡으면 부자가 되고, 활을 잡으면 장군이 되고, 악기를 잡으면 음악가가 되며, 떡을 잡는 사람은 미련한 사람이 된다는데, 아기는 무엇을 잡을지 주위 사람들은 침을 꿀꺽 삼키며 숨을 죽이고 있었다. 한참을 이것 저것 기웃거리던 원정이 무언가를 덥석 집으며 방바닥에 주저앉았는데,

"책이예요, 책."

하고 누군가가 나직이 소리쳤다. 아기는 뭔지도 모를 책을 이리저리 넘겨보며 의젓하게 자세를 취하고 있다.

"제법 무엇을 아는 것처럼 책장을 넘기네요. 다른 것은 거들떠보지도 않고."

원정의 부친(태종)과 모친은 그저 흐뭇한 표정으로 이 모습을 바라보고 있었다.

 세종이 돌잔치 상에서 책을 집었다는 사실이 그리 특별한 일은 아니겠지만, 이후로 책이 세종에게 미친 영향을 생각하면 나름대로 큰 의미가 담겨 있는 듯하다. 세종은 평생 손에 책을 잡고 있었기 때문에 그 많은 업적을 남길 수 있었던 것이다.

'백독백습'한 어린 시절 독서

 어린 시절부터 세종은 다른 무엇보다도 책에 관심이 많았다. 우애가 깊었던 양녕, 효령, 충녕(세종) 3형제는 함께 어울려 노는 시간이 많았는데, 양녕 왕자는 활달하고 쾌활하여 말달리기나 격구 같은 운동을 몹시 좋아하였다. 그러나 충녕 왕자는 그런 일에 마음을 두기보다는 온통 글을 배우는 일에 마음이 쏠려 있었다. 그래서 형을 졸라 글공부에 가기를 재촉하였고, 자신도 형을 따라 글을 배우곤 하였다.

어린 시절 세종의 독서 방법은 '백독백습(百讀百習)'이었다. '100번 읽고 100번 쓴다'는 뜻이다.

충녕 왕자의 재능을 발견한 아버지 태종은 충녕에게 많은 책을 선물하였다. 태종이 주는 책이면,「사서삼경」을 비롯하여 어떤 책이든 충녕은 밤을 새워 가며 읽었는데, 한 번 읽고 쓸 때마다 '바를 정(正)'자를 표시해 가며, 백 번을 읽고 백 번을 썼다고 한다. 그 결과, 태종이 시험 삼아 묻는 것에 대해 항상 능숙하게 답변함으로써 태종을 더욱 경탄케 하였다.

세종의 '백독백습'은 책 속에 있는 지식을 완전히 습득하기 위한 방법이다. 독서의 가장 기본적인 방법은 반복해서 읽는 것이다. '라이프니츠 독서법'이라는 것이 있는데, 이것도 반복 독서의 유익함을 강조한 것이다.

라이프니츠는 미적분학을 발견한 사람이다. 이 사람은 독학으로 혼자 공부하여 다방면에 놀라운 지식을 쌓게 되었는데, 그 비결은 같은 책을 되풀이해서 읽는 반복 독서였다. 각 분야의 대표적인 책을 선택해서 몇 번이고 읽어내려갔다.

"나는 구멍이 뚫릴 정도로 열심히 꿰뚫어 보았습니다. 잘 이해되지 않는 대목에 크게 신경 쓰지 않고 이것저것 골라 읽으며, 전혀 뜻을 알 수 없는 곳은 뛰어넘고 읽었습니다. 몇 번이고 이런 읽기를 계속하여 결국 책 전체를 읽어 내고, 얼마 동안의 시간이 지난 다음, 같은 작업을 되풀이해 가면 전보다 훨씬 이해가 잘 되는 것이었습니다."

이처럼 '거듭 되풀이해서 읽는다'는 뜻에서 라이프니츠의 독서법을 '재독법(再讀法)'이라고도 한다. 라이프니츠는 소년 시절부터 이런 독서 방법을 연마해, 철학·수학·물리학·언어학·역사·법률 등 여러 분야에서 탁월한 업적을 남길 수 있었던 것이다.

반복 독서는, '책의 내용이 어려워서, 읽어도 이해할 수 없으므로' 책을 읽지 않는 사람에게 깨우쳐주는 바가 크다고 하겠다. '독서백편의자현(讀書百編義自見)'이라는 말이 있듯이, 아무리 어려운 책이라 하더라도 반복해서 읽으면 충분히 이해할 수 있음을 알 수 있다. 세종 임금도 이렇게 반복해서 읽는 방법으로 많은 지식을 자기의 피가 되고 살이 되게 했던 것이다.

병중에 누워서도 책을 읽은 세종

세종이 얼마나 책을 좋아했는지를 알려주는 건강에 대한 일화가 있다. 매일 밤 늦게까지 쉬지 않고 글을 읽는 충녕을 보면서 태종은 걱정이 많았다. 행여 충녕의 몸이 상할까 염려하던 차에, 정말로 눈병이 나고 말았다. 눈이 퉁퉁 붓고 눈꼽, 눈물이 뒤범벅이 되었으니, 태종이 이를 그냥 둘 리가 없었다.

"당장 세자의 방에 있는 모든 책을 치우고 책 읽기를 쉬게 하라."

태종의 명령에 따라 눈병 낫기만을 기다리며 누워 지내던 충녕은 책 읽고 싶어서 견딜 수가 없었다. 이리저리 방안을 거닐다가 병풍 틈에서 책 한 권을 발견하고는 말할 수 없이 기뻐하며, 그 책을 품에 안고 외다시피 읽어내려갔다. 그 책은 「구소수간(歐蘇手簡)」이라는 책이었다. 중국의 문장가인 구양수(歐陽修)와 소식(蘇軾)이 주고받은 편지를 모아놓은 책이었는데, 얼마나 많이 읽었던지 충녕이 병석에서 일어날 무렵엔 책이 너덜너덜 해져 있었다고 한다.

얼마나 책을 많이 읽었으면 눈에 병이 날 정도였을까? 얼마나 책이 좋았으면 눈병으로 고생하면서도 책을 찾아 읽었을까? 세종의 독서 열심이 어느 정도인지 짐작할 수 있다. 그러나 세종이 독서를 많이 해서 몸이 약해진 것은 아닌 것 같다. 세종은 원래 약한 체질이었다. 오히려 독서는 육체의 건강에도 유익하다는 연구 결과가 많이 있다. 세종은 독서해서 병약해진 것이 아니라, 워낙 병약한 체질임에도 독서를 즐겨했던 것이다.

독서하는 모습 때문에 왕위에 오르게 된 세종

세종은 맏이가 아니었음에도 불구하고 어떻게 해서 왕위에 오를 수 있었을까? 원래 왕위 계승자는 양녕대군이었다. 그런데 양녕은 왕세자로서의 행동에 걸맞지 않은 행동을 함으로써 태종의 노여움을 샀다.

양녕대군은 자기의 스승이 처음 오는 날, 개 짖는 시늉을 했는가 하면, 공부 시간에도 동궁 뜰에 새덫을 만들어 새잡기에만 열중했고, 또 조정의 회의에 참석하기 싫어 꾀병을 부리기도 했다. 급기야 궁궐을 넘어 기생을 찾았고, 남의 집 아낙네를 낚아채기도 하였다. 양녕이 일부러 미친 짓을 함으로써 왕위를 자연스럽게 동생인 충녕에게 넘겨주고자 했다는 말도 있지만, 아무튼 양녕은 허구헌 날 미덥지 못한 행동을 하는 데 비해, 충녕은 항상 의젓하게 책 읽는 모습을 보여주자, 태종은 충녕을 왕세자로 앉힐 생각을 한 것이다.

1418년 6월, 마침내 태종은
"충녕대군은 천성이 총명하고 또 학문에 열심이며 정치하는 방법도 잘 안다."
라고 하며 그를 세자로 책봉하도록 결정을 내렸다. 세종의 독서 열심이 그를 왕위의 자리로까지 올려 놓게 된 것이다. 사람의 행동 중에서 가장 신뢰할 만한 모습이 있다면, 그것은 그가 아주 진지하게 책을 읽고 있는 모습일 것이다.

새벽녘까지 꺼지지 않은 집현전의 불

세종의 책 사랑, 독서 사랑은 왕위에 오른 후 집현전을 설치하는 것으로 이어진다. 집현전은 나라의 학문 발전을 위해 궁중에 설치한 일종의 학문 연구 기관이다. 젊고 유능한 선비를 선발해서 독서와 연구에 전념하게 한 것이다. 세종은 이들 집현전 학사들을 무척이나 존중하였다. 아침 저녁 식사 자리를 함께 마련하며 그들의 노고를 위로하기도 하였다.

어느 날 밤, 세종은 책을 읽다가 집현전에 아직 불이 꺼지지 않은 것을 보고 신하를 불렀다.

"집현전에 숙직하는 사람이 무얼 하는지 가만히 가서 살피고 오너라."

그 날의 숙직은 신숙주였다. 신숙주는 책을 읽고 있었다. 신하가 와서 이 사실을 세종에게 알렸다. 마침 잠자리에 들려던 세종은 신숙주가 책을 읽고 있다는 말을 듣고, 다시 의관을 갖추고 책을 읽기 시작했다. 한참을 읽다가 다시 신하를 불렀다.

"가서 신숙주가 아직도 책을 읽고 있는지 살피고 오너라."

신숙주는 이런 사실도 모르고 있었다. 신숙주가 여전히 책을 읽고 있다고 하자, 세종도 계속하여 책을 읽었다.

마침내 새벽녘이 되어서야 집현전의 불이 꺼졌다. 세종은 어의(御衣)를 벗어서 신하에게 건네주며 말했다.

"가서 신숙주를 가만히 덮어 주어라. 밤이 깊었으니 추울 것이다."

아침에 일어난 신숙주는 세종의 어의를 보고 깜짝 놀랐다.

"감사합니다, 상감마마. 이 은혜, 나라의 학문 발전을 위해 보답하겠습니다."

책을 사랑한 훌륭한 왕과 훌륭한 신하의 이야기다.

독서 장려를 위한 독서 휴가 제도

세종은 누구보다도 독서의 유익함을 잘 알고 있는 사람이었다. 나라가 번영하기 위해서는 나라의 관리들이 독서를 많이 해야 한다는 것을 깊이 인식하고 있었다.

독서를 중시하는 세종의 이런 태도가 하나의 정책으로 나타난 것이 독서 휴가 제도이다.

세종은 '사가 독서((賜暇讀書)'라는 일종의 독서 휴가 제도를 실시하였다. 집현전에 소속된 재능 있는 신하들이 낮에는 조정 업무에 쫓기고, 밤에는 숙직 때문에 학문에 전념하지 못하는 것을 알고, 이들에게 일정 기간 휴가를 주어 독서에만 몰두에게 한 것이 '사가 독서'이다. 처음에는 각자 자기의 집에서 독서하게 하였으나, 방문객들로 인하여 방해를 받자, 나중에는 아예 조용한 산 속으로 거처를 옮기어 독서하게 하였다. 제 1차로 이런 혜택을 누린 사람은 박팽년, 신숙주, 이개, 성삼문, 하위지, 이석형 등 6명이었다.

이런 독서 휴가 제도가 영국의 빅토리아 왕조(1836-1901년)에도 있었다. 일명 '셰익스피어 휴가'로 불리었던 제도인데, 우리나라로 치면 국장급 이상의 고위 관리들을 3년에 한 번 꼴로 한 달 남짓 휴가를 보내어, 그 동안에 셰익스피어 작품 5편을 선택해 정독하게 하고 독후감을 써내도록 하는 제도였다. 셰익스피어의 작품을 선택한 이유는, 많은 문학 작품 가운데 셰익스피어의 작품이 법이나 규범으로 다스려지지 않은 인간 상황을 가장 절실하게 묘사하였으며, 관리들로 하여금 인간을 이해하고 존중하게 하는 데 도움이 되었기 때문이다.

이렇게 보면 독서 휴가 제도는 우리 나라가 원조인 셈이다.

세계 역사에 그리 흔치 않은 이 제도를 통해서, 우리는 개인이나 국가 발전의 원동력이 무엇인지를 정확히 꿰뚫어 본 세종의 깊은 통찰력을 배울 수 있다.

사가 독서는 훗날 '독서당'으로 발전했다. '독서당'은 국가의 중요한 인재를 길러내기 위하여 세운 전문 독서 연구 기구였는데, 성종 때 만들어진 독서당은 연산군이 궁녀들의 놀이터로 만들어버렸고, 그 다음에 만들어진 독서당은 지금도 남아 있다. 서울의 약수동 고개를 넘어 동호대로를 달리다 보면 두 개의 터널 중간 지점에 '독서당 가는 길'이란 도로 표지판이 서 있다.

이 독서당 제도를 통해 유명한 정치가·학자 등이 많이 배출되었다. 나라의 중요한 인재가 길러지는 곳인 만큼 역대 왕들의 독서당에 대한 총애는 지극하였다. 독서당에는 언제나 궁중에서 만든 음식이 운반되어 왔고, 왕으로부터 훌륭한 말이나 옥으로 장식된 수레나 안장을 선물받는 일도 종종 있었다.

이처럼 조선 시대의 관리와 학자들에게 글을 읽게 한 전통을 만들어낸 인물이 세종이다. 세종은 뛰어난 독서 장려가였다. 오늘날에도 세종의 독서 휴가 제도를 현실성 있게 되살리고자 하는 노력이 기업을 중심으로 이루어지기도 하였다.

K그룹은 임원들을 대상으로 3개월 휴가제를 도입하여 대단히 좋은 반응을 얻었다고 한다. 3개월 동안의 휴가 기간 동안, 월급은 똑같이 지불하되 일체의 업무 부담을 주지 않고, 회

사에 전화 연락도 못하게 해서 완전한 자유 시간을 보장해 주었다. 이런 휴가 제도는 바쁜 업무에서 벗어나 자유로운 재충전의 기회를 주며, 회사 밖의 상황과 변화를 수용하여 자기 변신을 꾀하도록 하는 데 목적을 두고 있다고 한다. K그룹은 이 제도를 '사가제'라고 부르고 있는데, 바로 세종의 사가 독서 제도를 계승한다는 뜻이다.

인쇄 출판으로 이룩한 문화 중흥

세종은 나라가 부강해지기 위해서는 궁극적으로 모든 사람이 책을 읽어야 한다고 생각했다. 그래서 많은 책을 만들기 위해 인쇄 활자를 개발하는 일에 착수하였다. 인쇄 활자의 개발은 부왕인 태종이 세종에게 유언처럼 남겨준 숙원 사업이기도 했다.

"정치를 하려면 반드시 널리 책을 읽어 이치를 깨닫고 마음을 바로잡아야 치국과 평천하의 효과를 낼 수 있다. 구리로 글자를 만들어 서적을 인쇄해 널리 퍼뜨리면 그 이로움이 끝이 없을 것이다."

태종의 이런 뜻에 따라, 세종은 구리와 쇠 그리고 기술자의 부족이라는 어려운 여건에도 불구하고, 기술적으로 불가능하다는 대신들의 반대를 물리치고, '계미자, 경자자, 갑인자' 등을 만들어 출판 중흥을 가능케 하였다. 때마침 유럽에서는 그리스, 로마 문화를 부흥시키는 르네상스가 펼쳐지고 있었다.

인쇄 활자 개발이 성공함으로써 세종의 책 사랑은 실질적인 열매를 맺게 되었다. 세종은 자신이 책을 통해 배웠던 많은 것들을 사람들에게 돌려주기를 원했다. 백성들의 마음과 행실을 바르게 하기 위해서「삼강행실도」를 편찬하였으며, 부모에게 효도하는 마음을 일깨우기 위해 역대 효자들의 언행을 기록한「효행록」을 편찬하였고, 농사짓는 법을 익혀 실생활에 도움을 주기 위해「농사직설」을 편찬하였다.

세종 시대에는 역사서 · 유교 서적 · 법률서 · 문학서 · 정치서 · 지리서 · 천문역학서 · 의학서 · 어학서 · 음악서 · 민속가요집 · 악보 등 모든 분야에 걸쳐 수많은 서적이 저술 · 편찬 · 간행되어 한국 출판 역사상 최고의 황금 시대를 이룩하게 되

었다. 이러한 많은 편찬 사업에 세종 자신도 함께 참여하곤 했다. 「자치통감훈의」는 53명의 학자가 동원되어 3년여에 걸쳐 완성되었는데, 세종도 밤 늦게까지 손수 교정을 보았다고 한다.

한글 창제로 이어진 세종의 책 사랑

세종의 책 사랑과 독서 중시가 마지막으로 도달한 곳은 민족 문화의 최대 걸작품인 '한글 창제'였다. 세종은 책을 대할 때마다 가슴에 품어둔 안타까움이 있었다.

'이렇게 좋은 내용을 백성과 함께 나눌 수는 없을까?'

이 마음이 결실을 맺은 것이 한글 창제이다.

"나랏말이 중국과 달라서 문자가 서로 통하지 아니하므로, 이런 까닭으로 어리석은 백성이 말하고자 하는 바가 있어도, 마침내 자기의 뜻을 능히 펼치지 못하는 사람이 많도다. 내가 이것을 불쌍히 여겨 새로 스물여덟 글자를 만드니, 사람마다 쉽게 익혀 날마다 사용하여 편안하게 하고자 할 따름이니라."

한글이 창제됨으로써 '어리석은' 백성도 이제 쉽게 글을 배울 수 있게 되었다. 세종의 이러한 눈부신 지식 경영은 민족의 자존심을 일으켜 세웠다. 중국 문화에 도전하는 주체성과 독창성, 백성을 존귀하게 여기는 인간 존중 사상 등이 꽃을 피우게 된 것이다.

지식 경영 사회의 본보기

책의 문화가 융성할 때 나라가 부강해진다.

세종의 책 사랑과 지식 욕구가 조선을 문화 중흥의 사회로 만들었다. 21세기 들어 그토록 부르짖는 '지식 경영 사회'의 표본을, 이 탁월한 지도자는 이미 550년 훨씬 이전에 훌륭하게 마련해 놓고 있었다.

이런 지혜가 하루 아침에 하늘에서 떨어진 것이 아니다. 어린 시절부터 책을 가까이 하고, 병들어 고단한 가운데서도 책을 놓지 않고, 자기 자신만 읽은 것이 아니라 남에게도 독서를 장려하고, 끊임없이 책을 통하여 배우기를 멈추지 않은 땀의 결실이 세종 시대의 문화 부흥이었다.

세종은 어린 시절에 읽었던 책을 훗날 임금이 된 뒤에 다시 꺼내어 읽었다고 한다. 어린 시절 읽은 책을 어른이 되어 다시 볼 수 있는 여유와 마음을 지닌다는 것은 지혜로운 일이다. 그렇게 함으로써, 어린 시절의 순수함과 초심을 되살릴 터이니, 지도자로서 행해야 할 길에서 벗어나지 않고 올바른 길을 걸을 수 있게 된 것이다.

세종은 변함없는 독서가였다. 지도자가 되기를 꿈꾸는 사람은 세종을 닮아 독서하고, 독서 토론하자. 지도자와 관료가 밤늦게까지 책을 읽고, 경영인도 학생도 직장인도 백독백습하면서 독서에서 능력을 얻을 때, 나라의 부흥이 이루어진다.

세종은, 독서를 통해 길지 않은 삶을 민족의 제단 앞에 곱게

바친 아름다운 인생이었다.

> 좋은 책은 청년 시절에 읽으면 삶의 길잡이가 되고, 노년에 읽으면 훌륭한 오락이 된다. —율리마

02. 나폴레옹
유럽 전역을 덮은 광대한 독서 상상력

나폴레옹
(Napoleon I ; 1769~1821)
: 프랑스의 황제, 정복자.

독서가 나폴레옹

나폴레옹은 영웅이며 정복자로서, 인류 역사상 가장 위대한 위인 중의 한 사람으로 꼽힌다. 코르스카 섬에서 태어나 전 유럽을 정복하고 황제의 자리에까지 오른 영웅의 상징이다.

이 나폴레옹을 특징 짓는 첫 번째 요소가 무엇일까? '나폴레옹' 하면, 전쟁, 사관 생도, 작은 키, 내 사전에 불가능은 없다, 강렬함 등의 여러 가지 이미지가 떠오른다. 그러나 이런 것들 이전에 나폴레옹은 한 사람의 철저한 독서가였다. 그의 모든 것은 독서를 통해서 이루어진 것이다.

어린 시절의 안식처인 독서

나폴레옹의 어린 시절은 고독함 그 자체였다. 지중해 서북부에 있는 작은 섬 코르시카에서 태어난 나폴레옹은, 9살 때 브리엔에 있는 프랑스 왕립 군사 학교에 입학하였는데, 친구들로부터 '촌뜨기, 너절한 촌놈'으로 불리며 따돌림을 당했다. 나폴레옹은 키가 작았기 때문에 외투는 발뒤꿈치까지 내려와 질질 끌릴 정도였고, 얼굴빛이 창백했으며 비쩍 마른 소년이었다. 브리엔에서의 처음 1년 동안 프랑스어를 배웠다고는 하지만 심한 코르시카 사투리가 남아 있어 으레 놀림을 당하곤 했다.

여러 학생들에게 시달림을 받는 일이 많았던 나폴레옹은 아예 헛간 같은 데에 혼자 파묻혀 책만 읽게 되었다. 혼자 책 읽는 것이 그의 유일한 즐거움이었고, 책만이 그의 유일한 친구가 되었다. 나폴레옹은 그 당시의 외로움을 책읽기로써 극복할 수 있었으며, 따라서 나폴레옹에게 있어서 독서는 어린 시절의 안식처와 같은 것이었다.

꿈의 보물 단지 「플루타르크 영웅전」

어린 시절의 나폴레옹에게 가장 큰 영향을 미친 책은, 10살 때 읽은 「플루타르크 영웅전」이었다. 나폴레옹이 프랑스로 유학을 떠나기 전, 아버지의 서재에서 이 책을 발견했을 때의 기쁨은 말로 표현할 수가 없었다. 이 책을 얼마나 가지고 싶었는지, 유학 떠나기 전에 소원 하나 말해보라 하니까, 주저하지 않고,

"「플루타르크 영웅전」을 가져가고 싶어요." 라고 해서 허락받고, 그 책을 얻었을 때의 기쁨을 '꿈의 보물 단지'를 얻은 것 같다고 말했다. 이 책은, '대비열전(對比列傳)'이다. 알렉산드르와 케사르, 데모스테네스와 키케로 등 서로 비슷한 점이 있는 그리스와 로마의 정치가를 한 명씩 짝지어 서로 대비해 가면서 서술했다. 모두 23조(組), 즉 46명의 인물을 비교 대조하였다.

「플루타르크 영웅전」은 나폴레옹뿐만 아니라 셰익스피어, 베토벤의 삶에도 중대한 영향을 미쳤는데, 특히 베토벤의 이야기는 유명하다. 베토벤의 유명한 교향곡들은 이 책이 없었다면 불가능했을 것이다.

베토벤은 인기 절정에 이르렀을 무렵, 갑자기 귀가 멀었다. 음악가로서 귀가 멀었다면 끝장이 아니겠는가? 실제로 베토벤은 인생을 끝장 내야겠다고 생각하고 유서를 썼다. 이 때가 32살 때이다. 유서까지 썼으니 이제 죽는 일만 남았을 터인데, 어떤 계기로, 베토벤은 이 책「플루타르크 영웅전」을 읽었는데, 그 책에 있는 한 마디를 보고 삶이 뒤바뀌게 된다.

'사람은 무엇이든 좋은 일이 이루어지고 있는 동안에는 계속 살아야 할 이유가 있다.'

베토벤은 이 말을 읽을 때, 고통 속에서 환희가 피어오르고 있음을 느끼게 되었고, 좌절감에서 벗어나 '전원', '합창', '운명', '영웅' 등의 대작을 작곡할 수 있었던 것이다.

책은 고난에 처한 사람에게 희망을 갖게 한다. 낙심과 절망에 빠져 있던 사람이 책을 통해 소망과 기쁨을 발견한 예는 무수히 많다. 책 속에는 자기 자신에게만 특별한 의미를 지니는 내용이 가득 차 있다. 베토벤도 그와 같은 한 마디를 붙들고 절망에서 희망으로 자리를 옮길 수 있었다. 베토벤의 삶을 바꿔 놓은 이 책을, 나폴레옹도 꿈의 보물단지 여기듯 하면서 그 속에서 알렉산더 대왕, 시이저, 한니발 등의 영웅을 만났던 것이다.

서랍 같은 두뇌 형성

성장해 가면서도 나폴레옹의 독서열은 식을 줄 몰랐다.

사관 생도 시절 나폴레옹은 값싼 이층방에 세들어 살았다. 그의 동료들이 술 마시고 떠들고 당구 치는 어수선함 속에서도, 젊은 여자들이 그를 보고 킥킥 웃어대며 자기들끼리 수군거리는 비웃음 속에서도, 나폴레옹은 오로지 독서에 열중했다. 독서하며 자기만의 상상에 빠지는 것 외에 나폴레옹에게 다른 즐거움은 없었다.

나폴레옹의 독서 범위는 참으로 넓었다. 포병 장교로서 알아야 할 포격의 원리와 역사, 포위 공격법, 사거리 관측법 등을 비롯해서 페르시아의 역사, 스파르타의 전술, 이집트의 역사, 인도의 지리, 영국사, 프리드리히 대왕 전기, 프랑스의 재정론이나 몽고인 및 터키인의 풍속, 마키아벨리의 「군주론」, 천문학, 지질학, 기상학, 인구론에 이르기까지 참으로 다양했다. 특

히 지리와 역사책에 몰두하였다.

그 많은 책을 대충 읽는 게 아니라, 언제나 정독하였다. 또 책을 읽은 후에는 반드시 발췌록을 만들어 두거나, 메모를 남겨 두었다.

그 결과, 나폴레옹의 두뇌는 특별한 구조를 갖추게 되었다. 나폴레옹의 머리를 흔히 '잘 정리된 서랍 같은 두뇌'라고 한다. 서랍 속에 물건이 종류별로 질서있게 정리돼 있다면, 필요할 때 그것을 꺼내쓰기가 얼마나 편하겠는가? 나폴레옹의 두뇌가 그렇다는 것이다. 전쟁에 대한 일뿐만 아니라, 법률을 비롯해서 재정 문제, 상업 및 문학 등에 이르기까지 각종 지식이 잘 정리된 서랍처럼 머리 속에 체계적으로 보관되어 있어서 언제든지 필요할 때 꺼내 사용할 수가 있었다.

요즘의 21세기 사회에서 가장 가치 있는 것은 '정보'다. 나폴레옹은 이런 정보의 가치를 아주 일찍 깨달은 사람이었다. 그의 머리 속에는 체계적인 정보가 가득 차 있었다. 나폴레옹은 그의 '서랍 같은 두뇌'를 이용해서 손꼽히는 업적을 남겼는데, 그것이 '나폴레옹 법전' 편찬이다. 이 법전은 유럽 각국 법전의 모범이 되었고, 그 정신이 현재까지도 남아 있다.

독서로 얻은 탁월한 상상력

독서를 통해 나폴레옹은 많은 유익한 것들과 큰 능력을 얻게 되었다.

나폴레옹은 책을 통해서, 한편으로는 동료로부터 소외당한 설움을 달랠 수 있었고, 다른 한편으로는 영웅들의 이야기를 통해서 역사라는 것을 배우게 되었으며, 사람이 서로 다른 환경을 어떻게 극복하며 살아왔는가를 깨닫게 되었다. 또 독서를 통해 나폴레옹은 뛰어난 분석력과 집중력을 지니게 되었으며, 토론이나 연설에서 누구에게도 뒤지지 않는 치밀한 논리를 소유하게 되었다.

나폴레옹이 독서를 통해 위인들의 결단력과 실천력을 배운 것은 참으로 큰 재산이었다. 인물들의 변화무쌍한 상상력과 아이디어를 저축하게 되었고, 훗날 대군을 통솔하는 지략과 세계를 제압할 수 있는 힘을 책을 통해 배웠던 것이다.

이런 능력이 갖추어짐에 따라, 나폴레옹의 마음 속에는 자연스럽게 야망이 싹터 올랐다. 나폴레옹의 독서 상상력이 그로 하여금 야망을 갖게 하였고, 또 그 야망을 실현할 수 있는 조건들까지도 갖추어 나가게 하였던 것이다.

독서는 상상력을 자극한다. 그 상상력이 역사를 만들어간다. 독서 상상력을 통해 역사를 만들어간 사람들이 많이 있다.

싱가포르의 이광요 수상은 독서 상상력으로 싱가포르를 건설했다고 말했다. 그는 70세가 넘은 고령인데도 최신 서적까지 부지런히 읽는다. 한번은 이광요 수상이 국내의 어떤 언론사와 인터뷰를 했다. 그에게 '최근에 가장 인상적으로 읽은 책이 무엇이냐'고 물었다. 이광요 수상은 사무엘 헌팅톤의「문명의 충돌」이라고 답했다. 이 책은 당시 출간된 지 채 한 달이 안 되는 신간이었다. 끊임없이 독서하는 이 젊은 노인은 독서의 유익함을 이렇게 말한다.

"독서는 나에게 많은 정보를 제공해 주었습니다. 그러나 독서가 주는 더 큰 유익은 나의 상상력을 항상 자극한다는 점입니다. 나는 독서를 통한 상상력으로 지금의 싱가포르를 만들었습니다. 지금의 싱가포르는 원래 나의 독서 상상이 하나의 실체로 나타난 것일 뿐입니다."

이광요 수상의 독서 상상력이 '아시아에서 가장 깨끗한 정치', '깨끗하고 푸르른 정원 도시'를 건설했고, 싱가포르는 동남 아시아의 깨끗한 별이라는 칭찬을 받게 된 것이다.

프랑스의 드골 대통령도 그의 독서 상상력으로 '위대한 프랑스'의 건설을 꿈꾸었다. 드골은 독서하는 가정 분위기에서 자라났는데, 어린 시절부터「프랑스 역사」책을 들고 들판으로 나가 위대한 프랑스의 꿈을 키웠다고 한다. 책 속에서 '영광스런' 프랑스의 역사를 대할 때마다 그의 자존심은 커져갔고, '굴욕적인' 프랑스의 역사를 대할 때는 분노심이 솟구쳐 올랐다.

「프랑스 역사」를 읽으면서 드골이 꿈꾸었던 독서 상상력은, 훗날 '위대한 프랑스, 강력한 프랑스'를 외치며, 조국에 대한 헌신이라는 절대적인 신념으로 나타나게 되었다. 프랑스 대통령, 드골 장군의 탄생은 순전히 책 때문이었다. 왜냐하면, 그는 처음에 카톨릭 성직자가 되려고 했으나, 역사책을 읽으면서 생각을 바꾸었기 때문이다.

책을 읽으면서 나폴레옹의 상상력은 이미 프랑스와 유럽의 넓은 공간을 정복하고 있었다. 광대한 구상력, 끝없는 현실 파악의 지적 능력, 감상성 없는 행동력은 거의 마력적이었다. 책을 통해 일찍이 유례가 없는 나폴레옹만의 개성이 확립되어 갔다.

그 당시 프랑스는 유럽에서 가장 강대한 국가로서, 국왕 루이 14세는 '짐이 곧 국가'라고 할 정도로 위세가 당당하였다. 그들은 호화판 베르사이유 궁전 생활을 하면서, 반대파는 무시무시한 바스티유 감옥으로 밀어넣었다. 귀족들은 왕에게 아첨하기에 바빴고, 국민들의 마음 속에는 왕과 귀족들에 대한 반항심이 생기기 시작하였다.

이때 나폴레옹은 루소의 계몽주의 서적을 읽고 '인간은 평등하다.'라는 주장에 동감하며, 프랑스 국민들에게 그들에게도 자유와 평등을 보장해 주어야겠다고 생각했다.

이렇게 해서, 홀로 고독하게 독서만 하던 나폴레옹은 영웅으로서의 내면적 특질을 하나하나 쌓아갔다. 나폴레옹의 단호한 결단력, 강철같이 굳은 의지, 정력 넘치는 웅변력, 광활한 상상력이 사람들 앞에 그 모습을 나타내기 시작하자, 프랑스 국민은 열렬히 그를 지지하였고, 나폴레옹은 한두 마디의 선언과 포고만으로도 병사들의 마음을 사로잡을 수 있게 된 것이다.

전쟁터에서 읽은 「젊은 베르테르의 슬픔」

나폴레옹 독서의 극치는 전쟁터에서 나타났다. 나폴레옹은 수많은 전쟁을 치렀는데, 전쟁터에 나갈 때 책을 한 마차씩 끌고 나갔다.

아직 황제가 되기 전, 이집트 원정을 나선 적이 있었는데, 4주일의 기간인데도 1000여 권의 책을 싣고 떠났다. 군인만 간 것이 아니라, 학자, 예술가, 기술자 등으로 이루어진 4만여의 정예부대를 이끌었다. 원정의 목적이 영토 정복에만 있는 것이 아니라, 독서가 나폴레옹답게 그는 문화 정복까지 꿈꾼 것이다.

나폴레옹은 전쟁 중 막사에서도 틈만 나면 책을 읽고, 심지어 말 타고 이동하면서도 책을 읽었다. 말 위에서 책을 읽은 다음에는, 그 책을 말 뒤로 던져버리는 이상한 버릇이 있었다고 전해진다. 나폴레옹은 전쟁의 실제적인 기술이나 병법을 모두 책을 통해서 터득했다. 그는 싸울 때마다 이겼는데, 실상 그 전법은 간단한 것이었다. '먼저 중앙에서 대포를 쏘아서 상대방을 교란한 다음, 양 측면에서 기병들이 기습하는 것.' 이렇게 하면 쉽게 이기곤 하였다. 나폴레옹 스스로 '혁신 전법'이라고 부른 이런 전법은 컬럼버스의 달걀처럼 알고 보면 간단한 작전이었지만, 적들은 속수무책으로 당할 수밖에 없었다. 이런 전법을 책을 통해 먼저 발견하고 실천하는 게 나폴레옹의 재능이었던 것이다.

나폴레옹은 포탄이 날아오는 전쟁터에서도 독서할 필요를 느꼈다. 나폴레옹은 어린 시절부터 책을 읽어오면서 책이 주는 유익함을 터득하고 있었기 때문에, 지금 눈앞에 대포알이 날아다니지만, 이 전쟁을 이기게 하는 힘은 책 속에 있다는 것을 아주 잘 이해하고 있었던 것 같다.

생명이 오고가는 가장 급박한 상황에서 책을 읽고 있는 나폴레옹의 모습을 상상해 보라. 전쟁터에서 「젊은 베르테르의 슬픔」을 읽으면서 그는 무엇을 얻었을까? 심리적으로 보면, 전쟁 속에서 책을 읽음으로써 나폴레옹은 전쟁이 주는 불안과 초조를 일부러 외면해 버리면서 여유를 가질 수 있었다. 이런 여유도 승리의 주요 요인이 되었던 것이다.

전쟁터에서까지 손에서 책을 놓지 않은 나폴레옹에게서 얻는 교훈이 있다. 현대인들은 독서하지 않는 가장 큰 이유로 '시간이 없다'는 것을 내세우지만, 나폴레옹의 경우를 보면, 시간이 없어서 책을 못 읽는다거나 다른 급한 일이 많아서 책을 못 읽는다는 것은 더 이상 핑계거리가 될 수 없다는 점이다.

　총알이 날아오는, 화살이 날아오는 급박한 현장에서도 생명을 구할 방책을 책에서 얻는다면 하루하루의 삶에서 우리의 생명을 보전하고 승리를 이끌기 위해서 독서는 더더욱 필요하지 않을까? 우리는 어떤 일을 이루기 위해 항상 무언가를 쫓고 무언가에 쫓기고 있지만, 실상 그 일을 성공으로 이끌기 위한 길은 책 속에 있는 경우가 얼마나 많은가?
　헛된 일에 쓸데없이 바쁜 우리에게, 나폴레옹은
　"나는 독서할 시간 때문에, 다른 일을 할 시간이 없다."
라고 말한다. 이 점이 나폴레옹과 보통 사람의 차이다. 우리가 무슨 일을 하든, 그 일에서 성공하기 위해서는 독서부터 해야 한다는 것을, 나폴레옹은 그의 승리의 역사를 통해서 말해 주고 있다.

순수하고 순진한 나폴레옹의 인격

　나폴레옹은 겸손하고 순수한 사람이었다. 그가 이탈리아의 밀라노에 원정 가 있을 때의 일이다. 나폴레옹의 부인 조세핀은 파리에서 파티하며 부정을 일삼고 문란한 생활을 하였다. 나폴레옹은 이 소식을 다 전해 듣고 있었으면서도, 부인 조세핀이 밀라노에 온다고 하니까 그저 좋아서 어쩔 줄 몰라 한다. 이 때의 상황을 나폴레옹의 부관 마르몽은 다음과 같이 기록하였다.
　"마침내 조세핀이 밀라노에 도착했을 때, 나폴레옹은 조세핀을 굳게 포옹했습니다. 나폴레옹 장군의 기쁨이란 말할 수 없었습니다. 이렇게 순수하고 정직한 애정이 남자의 마음에 깃들어 있는 것을 일찍이 본 적이 없었습니다."
　조세핀에 대한 갖가지의 불미스러운 소문이 들렸으나, 나폴레옹은 모든 것을 자기 혼자만의 가슴 속에 간직한 채 아내를 용서하였다. 부부는 신성한 것이고 남편으로서 다른 여자에게 관심을 가져서는 안 된다고 믿었기 때문이다. 그래서 이탈리아 제 1의 미녀로 소문난 글라시니라는 여자가 현란한 몸짓으로 다가왔을 때에도, 그는 시선 하나 흩트러지지 않았던 것이다. 나폴레옹은 이만큼 순수하고 순진한 남자였다.
　독서가 나폴레옹은 영웅이기 이전에 한 사람의 인격자였음을 알 수 있다. 베토벤이 나폴레옹을 존경한 것은, 나폴레옹의 영웅으로서의 모습이 아니라, 인간 나폴레옹의 인격 때문이었다. 그렇기 때문에 베토벤은 나폴레옹을 위해 '보나빠르트에게 보내는 헌시'를 작곡했다가, 그가 황제가 되자 실망하여 나폴레옹을 속물이라고 부르며, 그 곡의 이름을 바꿔버렸던 것이다. 그 작품이 '영웅' 교향곡이다.

괴테도, 하이네도 나폴레옹을 존경했다. 괴테가 나폴레옹을 숭배한 나머지 그를 '참 인간'이라고까지 표현한 것은, 나폴레옹이 자신의 책「파우스트」를 4차례씩이나 읽어준 것에 대한 보답 차원에서 한 말은 아닐 것이다. 나폴레옹의 인격이 사람들 앞에 그대로 보여졌기 때문이다. 이런 인격이 독서를 통한 마음의 수양으로 이루어진 것임은 두말 할 나위가 없다.

책은 사람을 순수하게 만든다. 책은 사람을 깨끗하게 하는 힘이 있다. 책 읽는 사람 중에는 악한 사람이 없다. 혼탁한 세상이지만, 그래도 사람이 책을 읽을 때 조금은 더 순수해질 수 있다. 친구끼리, 연인끼리, 식구끼리, 이웃끼리 서로서로 책을 권하고 책을 나눌 때, 사람 사이의 감정도 그만큼 깨끗하고 부드러워질 수 있는 것이다.

나폴레옹의 일생은 독서의 일생

나폴레옹은 근대 유럽의 상징이다. 나폴레옹은 많은 역사적인 일들을 계획했다. 1차 대전 이후 윌슨 대통령에 의해 창설된 국제 연맹의 뿌리가 된 '유럽 연맹'을 구상했고, '유럽 법전', '유럽 재판소', '유럽 화폐', '통일된 도량형' 등 다방면의 지식 산업을 발전시킨 것이 모두 그의 독서에서 비롯된 것임을 알자. 그리고 독서하자. 독서하면 틀림없이 업적을 남길 수 있다.

　나폴레옹은 평생을 전쟁 속에서 살았고, 평생을 독서 속에서 살았다. 나폴레옹은 어렸을 때에도 독서했고, 괴로울 때에도 독서했고, 행복한 시절에도 독서했고, 급박한 상황에서도 독서했고, 죽기 직전에도 독서했다. 나폴레옹의 힘은 그 책들 속에서 나왔다.

　나폴레옹은 모스크바 원정에 실패하여 지중해의 엘바섬에 유배되었다가, 그 곳을 탈출하였다. 다시 워털루 싸움에 나섰다가 패배하여, 머나 먼 세인트헬레나 섬에 유배되었고, 그는 거기서 죽었다. 그가 평생 함께 했던 책을 곁에 두고 죽어갔다.

　젊은 시절 한때 먹고 살 것이 없어서, 자신이 그토록 아끼던 책을 거리에 펼쳐 놓고 그것을 팔아 생계를 유지하기도 했던 그 책. 세인트헬레나의 유배지에서 변질되고 상한 음식이 제공되는 고통과 고독 속에서 그나마 그를 위로할 수 있는 유일한 힘은 그 책뿐이었다.

　모두가 나폴레옹을 버렸다. 부인인 마리 루이즈에게서도 소식이 없었다. 빈에 있는 아들의 소식도 들을 수 없었다. 그가 마지막 유언을 남길 때에도 책만이 그의 옆을 지켰다.

　"내 유골을 센 강변에 묻어 내가 그토록 사랑한 프랑스 국민들 사이에 있게 해 주오. 나는 적대자들의 음모로 인해 내 명대로 살지 못하고 가노라."

> 진정으로 책을 읽고 싶다면, 사막에서나 사람의 왕래가 잦은 거리에서도 할 수 있고, 나무꾼이나 목동이 되어서도 할 수 있다. 책을 읽을 뜻이 없다면, 조용한 시골 가정이나 신선이 사는 섬이라 할지라도 책읽기에 적당치 않을 것이다. ― 증국번

03. 링컨
거듭된 실패와 절망을 이겨낸 성경 읽기

에이브러햄 링컨
(Lincoln,Abraham; 1809-1865) :
미국의 제 16대 대통령

실패를 이겨낸 인간 승리의 본보기

미국 역사상 가장 위대한 인물을 꼽을 때, 대부분의 사람들은 링컨을 첫 번째로 꼽는 데 주저하지 않는다. 링컨은 미국의 여러 위인 가운데 미국인에게나 다른 외국인에게나 독특한 매력을 느끼게 하는 인물이다.

링컨의 이름은 독학의 대명사처럼 쓰인다. 링컨은 정식 교육을 받지 않았지만, 독학하고 독서한 힘으로 측량기사도 되었고, 변호사도 되었다. 또한 무수한 실패를 되풀이하였다. 그런 가운데서도 링컨은 성경을 열심히 읽었고, 읽은 그대로 행동하여 마지막에는 대통령의 자리에까지 올랐고, 민주주의를 대변한 웅변가로 존경을 받아왔다. 그래서 링컨은 실패와 좌절을 이겨낸 인간 승리의 모델로 간주되어 왔다.

남북 전쟁을 승리로 이끌어 노예를 해방하고 미국의 분열을 막음으로써 부강한 미국의 기틀을 마련한 링컨 대통령의 힘의 원천은 무엇일까?

아버지의 반대를 물리친 링컨의 독서

링컨은 9살 때 어머니 낸시와 사별하였다. 2년 후 아버지 토마스는 두 번째 부인인 새러 부시 존스턴과 재혼하였다. 새어머니는 활력과 애정을 가지고 가정을 꾸려 나갔고, 링컨과 그의 누이 사라를 친자식처럼 따뜻하게 대해 주었다. 특히 링컨을 귀여워했기 때문에, 링컨은 훗날 새어머니를 '천사 엄마'라고 불렀다. 이 새어머니가 링컨에게 책 읽는 습관을 길러 주었다.

어린 시절 링컨은 책이 많지 않았다. 책이 없어서 책 한 권 빌리기 위해서 몇 km씩을 걸어야 했다. 새어머니가 오면서 몇 권의 책을 가지고 왔다. 「웹스터 사전」, 「로빈슨 크루소우」, 「아라비안 나이트」 등이 그것이다. 링컨은 이 책을 완전히 이해할 때까지 읽고 또 읽었다. 밤 늦도록 등불 밝혀 책 읽는 모습을 보고, 새어머니는 「벤자민 프랭클린의 전기」와 미국의 역사책 등을 구입해 주었다.

어린 시절 링컨의 글읽기는 순탄하지 못했다. 링컨은 아버지의 반대를 무릅쓰고 독서해야만 했다. 통나무집에서 책읽기를 즐겨하는 링컨을, 아버지는 늘 못마땅하게 여겼다.

"너 또 쓸 데 없는 짓을 하는구나. 당장 집어 치우지 못해."
아버지가 꾸짖을 때마다 링컨은 '제발' 하며 아버지에게 책읽기를 허락해 달라고 사정하였다. 그러나 아버지는 여지없이 '삽들고 따라와.' 하였다. 그러면 링컨은 호주머니에 책을 넣은 다음, 삽을 들었다. 그가 책을 주머니에 넣고 밭으로 가는 것을 누구나 볼 수 있었다. 한 이랑을 다 갈고 말이 잠시 쉬는 틈을 타서 책을 읽었다.

링컨의 아버지는, 사람이란 그저 자기 이름 정도만 쓸 줄 알면, 농사일이나 열심히 해야 한다고 생각하고 있었다. 그러던 어느 날, 링컨의 아버지가 땅을 팔게 되었다.

"자, 이것이 매매 계약서다. 친한 사람이 하도 졸라대기에 땅의 일부분을 팔았단다."

그 계약서를 보고 링컨은 깜짝 놀랐다.

"계약서에는 땅을 전부 판 것으로 되어 있는데요."

"뭐라고!"

"아버지가 글을 모르는 것을 알고 그 사람이 아버지를 속인 겁니다."

"이럴 수가."

아버지는 부리나케 계약서를 가지고 가서 매매 계약을 취소하였고, 손해 없이 땅을 보존할 수 있었다. 링컨이 물었다.

"아버지, 아직도 책 읽는 일을 쓸 데 없는 일이라고 생각하세요?"

"계약서 내용을 살펴보는 공부는 해도 괜찮단다."

이후로는 링컨이 책을 읽어도 야단치지 않았다고 한다.

링컨은 일하면서 독서하는 것이 그의 일상 생활이었기 때문에, 모자 속에 종이와 연필을 넣어 가지고 다니는 독특한 버릇이 있었다. 언제든지 기록할 수 있기 위해서이다. 링컨의 모자는 그에겐 움직이는 공부방이었던 셈이다. 독서한 내용을 재활용하기 위해서나, 그 책의 내용을 가장 확실하게 이해하기 위해서나 반드시 기록해 둘 필요가 있다. 차곡차곡 쌓아둔 독서 노트가 훗날 귀한 재산이 되는 경우가 얼마나 많은가?

빌려다 읽은 「워싱턴 전기」

링컨은 비록 학교는 다니지 않았지만 손에서 책이 떨어지는 일이 없었다. 링컨에게 크게 영향을 미친 몇 권의 책이 있다. 먼저, 링컨은 존 번연의 「천로역정」으로 인한 기쁨을 억제할 수 없었다. 그 책의 가치를 일찍 알고 있었던 링컨은 그 책을 발견하자마자 깊이 빠져 들었다. 너무 기뻐서 아무 것도 먹을 수 없었으며, 밤에는 그 이야기에 심취하여 잠을 이룰 수가 없었다고 한다. 영원한 곳을 향하여 가는 그리스도인의 뒤를 따르는 일이 너무나 기뻐서, 그 책을 처음부터 끝까지 읽고 또 읽었다.

링컨은 선물 받은 「이솝 우화」도 열심히 읽었다. 그는 이 우화집을 읽고 재치와 유머를 배웠으며, 그 책이 말해 주는 교훈을 잊지 않고 가슴에 깊이 간직해 두었다.

 어린 시절에 읽었던 책 중에서, 링컨에게 가장 큰 영향을 미친 책은 파아슨 웜스가 쓴 「워싱턴 전기」였다. 이웃집 크로포드 씨로부터 빌려서 읽은 이 책은 링컨에게 조국에 대한 사랑과 충성심을 일깨워 주었다.

 크로포드 아저씨는 너그러운 태도로 책을 빌려주었다.
 "넌 참 책을 좋아하는구나. 너만큼 책을 좋아하는 녀석은 처음 봤어."
 링컨은 집으로 달려와 단숨에 읽어내려가기 시작했다. 미국의 초대 대통령 워싱턴을 거듭 읽으면서 링컨은 마음 속으로 다짐하는 것이 있었다.
 '나도 이 다음에 워싱턴 대통령 같은 훌륭한 사람이 되어야지.'
 어린 가슴은 잠잘 때에도 「워싱턴 전기」를 꼭 안고 자며 꿈을 심었다. 그런데 문제가 생겼다. 어느 날 새벽 비가 억수같이 내렸다. 링컨은 다락방에서 자고 있었는데, 그만 틈새로 새어 들어온 빗물 때문에 그 소중한 책이 젖어 엉망이 되고 말았다. 그토록 소중한 책을 망가뜨렸으니, 이 일을 어쩌나. 링컨은 어머니에게 방법을 물었다.

"이런 경우엔 사실대로 말씀드리고 용서받는 게 제일이다."

링컨은 책을 들고 가서 정직하게 사정을 말하고 사과했다.

"걱정하지 말아라. 넌 참 정직하구나. 사람에겐 정직이 가장 소중한 것이다. 괜찮으니 아무 걱정하지 말아라."

"아저씨, 감사합니다. 대신에 책에 대한 대가를 지불하는 셈으로, 아저씨네 밭에서 사흘 동안 일해 드리겠어요."

"정말이니? 그것 참 좋은 생각이다. 마침 일손이 모자라던 참이었는데, 부탁하마."

링컨이 사흘 동안의 일을 마쳤을 때,

"에이브, 넌 정말 착한 애다. 자, 이 책은 네가 가져라. 너도 아무쪼록 워싱턴 같은 훌륭한 사람이 되어 다오."

"정말이에요? 이 책을 정말로 저에게 주시는 거예요?"

이 책이 링컨에게 대통령의 꿈을 심어 준 것은 아닐까? 링컨은 이 책을 읽었을 때의 감격을 '온 몸이 부르르 떨렸다'고 했다. 이 책을 통해서 링컨은 미국의 독립 정신을 이해하였고, 고난 속에서도 미국을 건설한 초대 대통령 워싱턴에 대한 존경이 샘솟게 된 것이다.

많은 책 읽기보다는 좋은 책 읽기

링컨은 책읽기 욕구가 강했으나 책이 많지 않아서 넉넉히 읽을 수는 없었다. 읽은 책도 대부분 빌려다 읽은 것들이었다. 늘 향학심이 불타서, 책을 구하기 위해 주변을 열심히 돌아다녔다고 한다. 그렇지만 일단 읽은 책은 여러 차례 반복해서 읽었다.

링컨의 경우를 보면, 주변에서 책을 많이 구할 수 없었던 것이 오히려 유리한 환경일 수도 있겠다는 생각을 할 수 있다. 온갖 너절한 책을 잡다하게 읽는 것보다는 좋은 책, 즉 양서를 되풀이해서 읽고 완전히 소화하는 것이 더 큰 도움이 되기 때문이다.

링컨의 독서는, '독서는 양보다도 질이 중요하다'는 점을 확실하게 보여준다. 좋은 책을 많이 읽는 것이 가장 이상적이겠으나, 부득이 선택해야 한다면 '많은 책'을 읽는 것보다는 '좋은 책'을 읽는 것이 훨씬 유익하다는 것이다.

그래서 책의 위험을 경계한 사람들도 있었다. 중국의 승려 요산(樂山)은 책의 중독을 막기 위해 제자들의 경전 읽기를 금지했으며, 몇 년 전 세상을 떠난 성철 스님은 문자의 노예가 될 수 있다며, 제자들에게 신문조차 읽지 못하게 했다는 일화를 남겼다. 또 법정 같은 분은 '독서 회의론'을 주장하기도 하였는데, 그 내용인즉슨, 신뢰할 수 없는 책들이 많아서 읽어도 별로 도움이 되지 않으며, 많은 책들이 오히려 부담스럽다는 것이다. 서양 철학자 쇼펜하우어도 좋은 책만 골라 읽어야 한다는 것을 단호하게 주장하였다.

"인생을 살다 보면 어느 쪽으로 가도 속된 무리를 만나게 되는 것처럼, 책에 있어서도 항상 악서(惡書 ; 나쁜 책)를 만나게 된다. 악서는 좋은 새싹을 망쳐 버리는 깜부기와 같은 것들이다. 악서는 무익할 뿐만 아니라 유독한 것이기도 하다.

악서는 정신에 독이 되고 머리를 둔하게 한다. 그럼에도 불구하고 대중들은 시대의 양서를 읽지 않고 그저 현대의 저속한 작품만을 읽고 있다."

쇼펜하우어는 좋은 책 읽기의 중요성을 강조하여, '악서를 읽지 않는 것이 양서를 읽기 위한 출발이다.'라고 말했다. 많은 책보다는 좋은 책 한 권이 사람의 일생을 좌우하는 일이 많다. 쇼펜하우어 자신이 쓴 「의지와 관념의 세계」라는 책 한 권이 니체의 일생을 결정하는 영향을 미친 것도 그 예이다. 니체는 이 책을 책방에서 발견하고는 꼼짝 않고 그 자리에 서서 다 읽고 자신의 철학을 대성할 수 있었다.

링컨은 좋은 책을 골라 읽었다. 그렇기 때문에 많은 책을 읽지 않고도 독서의 효과를 톡톡히 거둬들인 것이다. 링컨이 읽은 책 중에서 가장 좋은 책은 무엇이었을까? 그에게 가장 큰 영향을 미친 책은 단연 「성경」이었다. 어렸을 때, 링컨의 집에 있는 유일한 책이기도 한 「성경」을, 그는 가장 많이 읽었다. 「성경」은 링컨의 삶의 기둥이었다.

거듭된 실패 때마다 「성경」대로 행동하기

링컨의 어머니 낸시는 죽을 때 유언을 남겼다.

링컨이 아홉 살 때, '우유질환(milk sickness : 독초를 먹은 소의 우유를 마시고 생기는 급성 질환)'이라고 불리는 이상한 병이 그 지역을 강타하여 수많은 사람들의 목숨을 앗아갔다. 낸시는 병자들을 열심히 도와 주었다. 그러다가 마침내 그녀도 병석에 눕고 말았다. 어머니가 병석에 눕자 어린 링컨은 그 곁에 앉아 몇 시간이고 계속해서 성경을 읽어주곤 하였다. 그러나 링컨이 9살때 끝내 그녀는 세상을 떠났으며, 링컨은 평생 동안 어머니의 유언을 마음 속에 간직하였다.

"에이브야, 이제 내가 네 곁을 떠나면 다시는 돌아오지 못할 것이다. 나는 네가 착한 아이가 될 것이며, 또 아빠와 사라에게 친절하게 대하리라고 믿는다. 내가 가르친 대로, 하늘에 계신 하나님을 사랑하고 하나님의 계명을 지키기를 바란다."

어머니의 이 유언에 따라, 링컨은 매일 새벽 4시에 일어나 어김없이 2시간 가량「성경」을 읽곤 했다.

그러자「성경」독서가 링컨의 삶 가운데서 놀랍도록 힘을 발휘하기 시작하였다.「성경」이 링컨의 삶에 얼마나 강력하게 영향을 미쳤는지는 링컨의 삶의 발자취를 살펴보면 저절로 알게 된다.

링컨이 숱한 실패를 되풀이한 사람이라는 것은 잘 알려진 사실이다. 가난한 집에서 태어나 학교를 다니지 못한 것부터 시작해서,

23세(1832년), 주의원 선거에서 실패.
25세(1834년), (주의회 의원 당선)
29세(1838년), 주의회 대변인에 출마하여 실패.
31세(1840년), 정·부통령 선거 위원에 출마하여 실패.
34세(1843년), 연방 하원 의원 선거에서 실패.
38세(1847년), (연방 하원 의원에 재출마하여 당선)
40세(1849년), 연방 하원 의원 선거에서 재선을 노렸으나 실패.
45세(1854년), 상원의원 선거에서 실패.
47세(1856년), 부통령 지명전에 나섰다가 실패.
49세(1858년), 상원의원 선거에서 또 실패.
51세(1860년), 대통령 선거에 출마

여기까지가 링컨이 대통령 선거에 출마하기 전까지 그의 경력이다. 한 마디로 실패의 연속이다. 대통령 선거에 나서기 전

까지, 그는 주의회를 제외하고 전국적인 정치인으로서는 하원 의원 한 번 한 것 외에는 모두 다 실패했다. 말하자면, 1승 7패 정도인 셈이다.

계속되는 실패를 경험한 직후, 링컨의 모습이 어떠했으리라고 짐작되는가? 실패로 낙심한 표정일까? 무기력하게 침묵하는 모습일까? 아니면 이를 악물고 원망하는 표정일까? 굳은 표정으로 다짐하는 모습일까? 링컨은 그렇게 하지 않았다. 링컨이 취한 행동은 우리의 예상을 빗겨간다.

"나는 선거에서 실패했다는 소식을 듣고 곧바로 음식점으로 달려갔다. 그리고는 배가 부를 정도로 많이 먹었다. 그 다음 이발소로 가서 머리를 곱게 다듬고 기름도 듬뿍 발랐다. 이제 아무도 나를 실패한 사람으로 보지 않을 것이다. 왜냐하면 난 이제 곧바로 다시 시작을 했으니까 말이다. 배가 든든하고 머리가 단정하니 내 걸음걸이가 곧을 것이고 내 목에서 나오는 목소리는 힘찰 것이다. 이제 나는 또 시작한다. 다시 힘을 내자. 에이브러햄 링컨! 다시 한 번 힘을 내자."

실패할 때마다 링컨은 어떻게 했다고 하였는가? 음식점으로 가서 맛있게 먹은 다음, 이발소에 가서 용모를 말끔히 하고, '나는 다시 시작했다'고 선포한다는 것이다. 마치 실패를 먹어 삼켜버리고, 실패를 기름으로 발라 덮어버리듯이, '내가 언제 실패했어?' 하며 오리발을 내미는 모습이다.

실패를 이렇게 처리하는 솜씨를 링컨은 어디서 배웠을까? 실패했을 때 '배불리 먹고 머리를 깔끔하게 손질하며 다시 힘을 내는' 이 행동은, 「성경」의 시편에 나와 있는 것을 그대로 행동에 옮긴 것에 불과하다.

'주께서 내 원수의 목전에서 내게 상을 베푸시고 내 머리에 기름을 바르셨으니 내 잔이 넘치나이다.' (시편 23편 6절)

원수가 시퍼렇게 나를 노려보고 있는데도 불구하고, 하나님이 내 앞에 음식상을 마련해 주시고 내 머리에 기름을 발라 주셨다고 한다. 이게 무슨 뜻인가? 현실은 거듭되는 실패로 인해

암담한 상황이다. 즉 원수 같은 현실이다. 그런데도 그런 실패의 현실 앞에서 태연자약하게 맛있게 먹고 단정하게 몸을 갖추도록 하나님이 복을 넘치도록 부어 주신다는 것이다. 그렇기 때문에 링컨은 실패의 순간마다 이렇게 고백하면서 또다시 출발한다.

"나는 계속 배우면서 나를 갖추어 간다. 언젠가는 하나님이 나에게 기회를 주실 것이다."

링컨은 성경을 열심히 읽었고, 읽은 그대로 행동하였다. 실패라는 원수 같은 현실을 만날 때마다 전혀 개의치 않고 성경에 나와 있는 대로, 미련해 보일 정도로 순진하게 행동했다. 실패 직후에 음식점에 가서 배불리 먹고 이발소에 가서 머리를 멋지게 손질하고 나오는 이 행동은 인간의 본능적인 마음 상태로는 잘 되지 않는 일이다.

실패하면 대부분의 경우, 며칠 동안은 뒤로 벌렁 드러누워 실패의 아픔을 스스로 씹어볼 것이다. 그런 다음 실패의 원인을 분석하고 연구해서 다음에는 실패하지 않을 각오를 다질지도 모른다. 그러나 링컨은 그렇게 하지 않았다. 그는 그저 배불리 먹고 머리를 곱게 단장하였다. 왜? 성경에 그렇게 나와 있으니까.

그랬더니 어느 날, 이 '위대한 실패자'를 하나님은 대통령의 보좌 위에 올려 놓음으로써 잔이 넘치도록 복을 주신 것이다.

링컨의 대통령 당선은, 성경에 기록된 대로 믿어 버리는 그의 단순함과 순진함의 승리다.

　이처럼 숱한 실패에도 링컨이 좌절하지 않은 힘의 원천이 「성경」 읽기에 있었다.
　링컨은 가정적으로도 견디기 어려운 역경을 이겨낸 사람이다. 4살 때 동생이 죽었으며, 9살 때에는 사생아로 태어나 사람들의 손가락질을 받던 그의 어머니가 죽었다. 18살 때에 여동생이 죽었고, 25살 때에는 결혼하기로 한 약혼녀가 갑자기 죽었다. 링컨의 두 아들도 그의 눈 앞에서 죽어갔다. 아내는 거의 정신이상자였다. 링컨이 이런 절망적 상황에서도 꿋꿋하게 일어설 수 있었던 것은 「성경」 읽기를 통해 얻은 정신적, 영적 자양분 때문이었다.
　우리 나라 국회의원들도 선거에서 한 번만 떨어져도 그 후유증이 심각하다고 하는데, 링컨은 이골이 날 정도로 실패하고도 상처 하나 없이 끄떡하지 않고 이겨낼 힘을 「성경」에서 얻었던 것이다. 실패의 순간마다, 자기는 지금 배우는 과정에 있으며, 배우는 과정이 끝나면 하나님이 자기에게 기회를 주실 것이라는 약속을 조금도 의심하지 않았으므로 낙심하지 않았다. 그렇기 때문에 그는 즐겁게 먹고 머리를 단장할 수 있었던 것이다. '지금은 내가 실패했지만 틀림없이 하나님이 나를 구원하신다'는 그 믿음 때문에, 링컨의 하나님은 어쩔 수 없이 그가 믿고 있는 대로 이루어주지 않을 수 없었을 것이다.
　그래서 링컨은

"나는 「성경」이야말로 하나님이 인간에게 주신 최고의 선물이라고 믿는다. 이 세상의 온갖 유익한 것들은 이 책을 통해서 우리에게 온다."
라고 고백하였던 것이다.

링컨은 변호사 활동이나 정치 활동을 하면서 뇌물을 거부하고 옳지 않은 제안들을 물리쳤다. 누군가가 그런 용기를 어디서 얻었느냐고 질문했을 때에도, 그는 '어려울 때면 어머니께서 아주 오랜 전에 하신 말씀, 하나님의 계명을 지키라는 말씀이 귀에 들리는 듯 했다.'고 대답했다.

평상시에는 모른다. 그러나 위기가 닥쳐오면 책 읽은 사람과 안 읽은 사람 사이에 차이가 나타난다. 그 차이를 눈으로 확인할 수 있다. 책 안 읽은 사람이 좌절과 절망에 빠져 괴로워하고 있을 때, 책 읽은 사람은 놀랍게도 '배불리 먹고 머리에 기름 바르고' 새로운 출발을 해 버린다. 책 안 읽은 사람은 여전히 실패 속에 놓여 있지만, 책 읽은 사람은 성공을 향해 가고 있는 것이다.

노예 해방의 계기가 된 「톰 아저씨의 오막살이」

링컨은 대통령이 되어서도 쉬지 않고 독서했고, 끝내 독서에서 얻은 힘으로 미국 역사상 가장 위대한 일로 꼽히는 업적을 남기게 되는데, 그것이 바로 '노예 해방'이다.

링컨은 스토우 부인이 쓴 「톰 아저씨의 오막살이」(uncle

Tom's cabin, 1852년)라는 소설을 읽고, 노예 해방에 대한 인식과 각성을 새롭게 했다. 링컨은

"나는 노예 제도가 그 자체로 가공할 불의이기 때문에 그것을 증오한다. 나는 노예 제도가 우리의 공화적 규범이 전세계에 정당한 영향력을 미치는 것을 막고, 자유로운 제도의 적들에게 우리들을 위선자라고 비웃을 여지를 주기 때문에 그것을 증오한다."

라고 말했다. 링컨이 이런 생각을 갖게 하는데, 이 소설 「엉클 톰스 캐빈」이 절대적인 영향을 미친 것이다.

그래서 링컨은 노예 제도를 없애고 미합중국의 통일을 이루기 위해서라면 전쟁도 피하려 하지 않았다. 기어이 남북 전쟁이 터졌다. 노예 제도를 유지하며 연방에서 이탈하려는 남쪽과 노예 제도를 반대하며 미연방의 통일을 지지하는 북쪽의 싸움은 처음에는 북군의 링컨에게 불리하게 전개되었다.

북군은 체계적이고 종합적인 지휘 체계가 이루어져 있지 않았다. 그런데 전쟁이 진행될수록 링컨은 군대를 지휘하는 데 있어서 수완과 효율성을 발휘하였다. 링컨은 전쟁 경험이나 전쟁 훈련이 전혀 없었던 사람이었기에, 그가 해낸 일들은 더욱 놀라운 것이었다. 케케묵은 군사 이론에 구애받지 않고, 현실적 통찰력과 지혜를 발휘하여 남북 전쟁을 승리로 이끌었던 것이다. 이 지혜의 원천이 무엇인가는 어렵지 않게 찾아낼 수 있다.

링컨은 전쟁 중에 막사에서도 어김없이 「성경」을 읽었다.

링컨이 머무는 텐트에 수건이 걸려 있을 때는 아무도 그 안에 들어갈 수가 없었다. 왜냐하면 링컨은 지금 「성경」을 읽고 기도하는 중이기 때문이다. 링컨의 전략과 지혜가 여기에서 나왔다.

"나는 몇 번이고 무릎 꿇고 성경 읽고 기도하지 않을 수 없었다. 그렇게 하고 나면 어떤 특별한 지혜가 머리에 떠오르곤 했다."

「성경」은 세상으로서는 이해할 수 없는 신비로운 지혜를 제공해 준다는 것을, 링컨은 체험으로 알고 있었다.

미국이 오늘날처럼 비약적인 발전을 이룰 수 있었던 결정적 계기는 노예 해방이었다. 노예해방을 이룩함으로써 분할될 위기에 처한 나라가 통일을 이루어, 오늘날과 같은 부강한 나라를 이룬 것이다. 미국인들이 링컨을 각별히 존경하는 것은 그가 '부강한 미국'의 바탕을 만들어 주었기 때문이다.

꿈을 성취하게 해 준 「성경」 읽기

역사에 남을 뜻있는 일을 해보고 싶은가? 독서하자. 나로 인해서 이 세상이 '확' 뒤집어지는 놀라운 일이 일어나기를 원한다면, 그 꿈을 실현시킬 가장 확실한 길이 독서에 있음을 깨닫자.

책은 모든 사람에게 기회를 준다. 누구든 책의 능력을 내것으로 하는 사람이 세상을 변화시킨다. 링컨은 독서를 통해 난관 극복 능력을 길렀다. 링컨은 「워싱턴 전기」를 읽어 대통령의 꿈을 심었고, 「성경」을 읽어 그 꿈을 성취했다. 독서야말로 어떤 실패에도 굴하지 않는 막강한 정신적 에너지의 원천임을 알기 쉽게 증명한 것이다.

링컨은 자신에게 맡겨진 소임을 완벽하게 수행해 내었다. 거듭되는 실패에도 불구하고 링컨이 순진할 정도로 성경을 믿고 행동하자, 링컨의 하나님은 그를 대통령으로 올려놓았고, 대통령이 된 다음에도 변함없이 성경을 믿고 행동하자, 하나님은 그에게 미국 역사상 가장 힘들고 어려운 노예 해방의 일을 맡겼다. 일을 맡기기만 한 것이 아니라, 그 일을 완벽하게 해낼 수 있는 지혜와 힘도 함께 제공하였다.

이제 링컨이 할 일은 끝났다. 이 충성스런 링컨을, 하나님은 더 이상 이 땅에 머물게 할 필요를 느끼지 못한 것 같다. 그래서 극적으로 그를 불러들인다. 링컨은 남북 전쟁이 종료된 이틀 후, 포드 극장에서 평화롭게 연극을 관람하다가, 머리에 총을 맞고 이 땅을 떠났다.

> 나는 한 시간의 독서로 누그러들지 않는 어떤 슬픔도 알지 못한다.
> ― 몽테스키외

04. 정약용
실천적 행동력을 지닌 신지식인 독서

정약용(丁若鏞 ; 1762-1836) :
조선 시대의 실학자

18년간의 독서와 저술 활동

다산 정약용은 조선 시대 실학을 집대성한 대학자이며, 또한 민중을 위한 실천가이다.

위당 정인보 선생은 정약용을 가리켜 "선생 1인에 대한 연구는 곧 한국사의 연구요, 한국 근대 사상의 연구요, 조선의 심혼(心魂)의 연구이며 전 조선의 성쇠존멸에 대한 연구이다."라고 말한 바 있다. 정약용의 학문적 위상을 적절하게 표현한 말이다.

정약용이 독서와 저작에 골몰한 것은 오늘날 수많은 학자, 연구가의 대표적인 모습을 보여준다고 할 수 있다. 정약용을 연구하는 사람들은 수백 권에 달하는 그의 저서와 지칠 줄 모르고 쌓아놓은 그의 학문에 절로 고개가 수그러지는 엄숙함 같은 것을 느낀다고 한다.

정약용은 조선 사회가 총체적인 위기로 굴러떨어지고 있는 모습을 보면서 안타까워했다. 정치인들은 허구헌 날 노론이니 소론이니 남인이니 서인이니 하는 정파로 나뉘어 정치 투쟁에만 골몰하고 있고, 학자들은 무기력한 성리학에 빠져 헤어날 줄 모르고 있었으며, 농민들은 지주와 지방 관리들의 수탈로 생존마저도 어려운 상황이었다. 그래서 정약용은 탐구하기 시작하였다. 이 모든 문제를 해결할 방법이 무엇인가? 정약용의 독서와 연구는 여기서부터 시작된다.

그의 독서와 저술 생활의 하이라이트는 18년 간에 걸친 유배 생활이다. 땅끝 마을 강진에서 정약용은 정치, 경제, 사회, 문화 전반에 걸친 개혁 사상을 500여 권이 넘는 방대한 저서 속에 펼쳐 놓았다. 그 중 「목민심서」는 정치인들의 필독서이며, 「경세유표」는 총체적인 국가 경영 전략서로 높이 평가된다.

정조의 정약용 사랑, 책 사랑

다산 정약용의 전반기 독서 생활은 정조와 불가분의 관계를 맺고 있다. 머리가 너무 뛰어나서 주위에 적이 많았고, 끝없는 모함으로 시달린 정약용이었지만, 정약용과 정조는 서로 마음이 잘 맞았다. 정조는 정약용의 능력을 높이 평가하여 끝까지 그를 중용하려 하였다. 책을 좋아하는 정조였지만, 때론 책보다도 정약용과의 대화를 더 좋아하였다. 정약용에 대한 정조의 사랑은 너무나 지극하여 주위에서 보는 사람이 민망할 정도였다고 한다.

"정약용은 재상감이요. 백 년에 하나 나올까 말까 한 거목이 나타났도다."

정조의 이런 사랑도 정약용에겐 오히려 불편한 점으로 작용하였다. 왜냐하면, 남인 시파인 정약용을 모함하려는 노론 벽파의 음모는 정약용에 대한 정조의 사랑이 깊어갈수록 더욱 드세어져 갔기 때문이다.

정조와 정약용은 둘 다 개혁 성향의 인물이었고, 둘 다 책읽

기를 좋아해서인지 서로 잘 통했다. 책읽기라면 정조도 보통 열심이 아니었다. 후손이 없어서 나라의 대를 잇는 일로 어머니인 혜경궁 홍씨를 비롯한 많은 사람이 걱정하고 있음에도 불구하고, 정조는 후궁전 출입엔 관심을 갖지 않은 채 태연히 규장각에 드나들면서 독서에만 열중하였다.

　이런 정조인지라, 수시로 정약용을 불러놓고,
　"「팔자백선」을 갖고 있느냐?"
　"「대전통편」은 읽어봤느냐?"
　"「국조보감」은 어떠하냐?"
하고 물으면서, 상품으로 책을 선물하곤 하였다. 상품으로 내린 책 중에 특이하게 「병학통」이라는 책이 있었는데, 이 책은 무신들이 읽어야 할 책이었다. 그런데도 '네가 장수의 재주도 가지고 있으니 특별히 이 책을 내리노라.'라고 할 정도로 정약용에 대한 신뢰는 확고하였다. 그러하였으니 정조가 등에 커다란 종기가 나서 갑자기 죽어가면서도 낙향한 정약용을 찾았었다는 것은 이해할 만하다.

정조는 세종과 더불어 조선조 문화 진흥을 이룬 2대 왕으로 손꼽히지만, 조정의 당파 세력에 둘러싸여 항상 고독했고 어려움이 많았다. 정조는 그런 고독함을 독서로 푼 임금이었다.

"지나치다 싶을 정도로 독서하지 않으면 마음이 편치 않았다. 열심히 책을 읽으면 오히려 피로가 풀렸다."

「천주실의」와 「성호사설」 읽기

정약용은 어릴 때부터 재치가 넘쳤다. 형의 어깨 너머로 천자문을 다 익힐 만큼 영리했다. 정약용은 온화하면서도 치밀한 성품이어서 의문나는 점은 기어이 파고 들어가 해결해내는 철저한 성미였다. 집에 있는 책들을 다 읽은 후, 9살 때부터는 이웃집의 책을 구하러 나서기 일쑤였다. 때로는 10리가 넘는 강 건너에까지 가서 「시경」, 「노자」, 「장자」 등의 어려운 책을 빌려오기도 하였다. 그 결과 정약용은 어린 나이에 믿어지지 않을 정도로 풍부한 지식을 지니게 되었다.

어린 시절의 정약용에게 특히 큰 영향을 미친 책은 「천주실의」와 「성호사설」이었다.

「천주실의」는 중국 명(明)나라에서 선교 활동을 한 이탈리아의 마테오리치(Matteo Ricci)가 한문으로 저술한 천주교 교리서이다. 제목의 뜻은 '하느님에 대한 참된 토론'이며, 8편 174항목으로 구성되어 있다. 유교적 교양을 바탕으로 천주교 교리를 설득하는 방식이다. 중국의 건륭(乾隆) 황제가 이 책을 사고전서(四庫全書)에 수록하게 할 정도로 호의적인 반응을 보였지만, 천주교 내부에서는 유교에 영합한 오류라는 비판이 일기도 했다. 이 책은 서양인이 한자로 저술한 서적 중에서 가장 큰 영향력을 발휘한 책이다.

정약용 3형제는 다같이 이 책을 읽었다. 이 책은, 훗날 셋째 형 정약종이 처형당하고 정약용과 정약전이 유배를 가는 직접적인 원인이 된 책이라고 할 수 있다. 「천주실의」가 정약용으로 하여금 천주교에 눈을 뜨게 한 책이라면, 실학과의 만남을 이루게 한 책이 「성호사설」이다.

결혼하던 해인 15살에 읽은 이 책은 정약용의 일생을 방향 지워 준 책이 되었다. 정약용은 우리 나라 최초의 세례 교인이자 그의 매형인 이승훈을 통해서 이 책을 얻어다가 밤새워 읽었다.

「성호사설」은 이익이 쓴 책으로 천지, 만물, 인사 등 30권으로 이루어진 일종의 백과 사전이다. 지금까지 읽었던 책과는 다른 학문을 소개한 이 책으로 인해, 정약용은 '두텁게 가리워져 있던 장막(커튼)이 열리는 것 같은 기분'을 느꼈다고 했다. 정약용에겐 그야말로 세상의 온갖 이치가 다 담겨져 있는 듯한 책이었다.

이 무렵 이익은 이미 세상을 떠난 뒤였건만, 정약용은
"성호 선생을 한 번만이라도 만나 볼 수 있으면 좋으련만."
하고 못내 아쉬워했다고 한다. 이 책은 정약용이 조선의 실학을 집대성하는 기초를 제공하였다.

실용적이며 실천적인 독서

정약용의 독서는 당시 조선 사회의 성리학자처럼 탁상공론식의 독서가 아니었다. 그의 독서는 현실 개혁이라는 분명한 목표를 가지고 이루어졌다.

'무엇이 잘못되었을까'
'어떤 방법이 좋을까'
'다 함께 잘 사는 길은 무엇일까'

이런 의문을 해결하기 위한 독서였다. 그렇기 때문에, 실컷 공부하고 자명종 같은 기구 하나 만들어내지 못하는 공부가 무슨 능력이 있겠느냐고 되묻는다.

정조가 아버지인 사도세자의 묘소가 있는 수원에 성을 건립하고자 할 때, 정약용은 기중기를 만들어 공사 기간을 대폭 단축하고 막대한 공사 비용을 절감하여 정조의 신임을 더욱 두텁게 한 적이 있었다. 정조는, '그 기계 때문에 돈 4만 냥을 절약 하였도다.' 하며 좋아했는데, 이것도 서학 책의 영향으로 만들어진 것이다.

정약용이 어느 정도로 실생활에 도움이 되는 독서를 강조했는지는 둘째 아들 학유에게 보낸 편지에도 잘 나타나 있다. 둘째 아들이 닭을 기르는 일을 하겠다고 했을 때 보낸 편지이다.

"네가 양계를 시작하였다고 들었다. 양계란, 참으로 좋은 일이기는 하다만 이것에도 품위 있는 것과 비천한 것, 깨끗한 것과 더러운 것의 차이가 있느니라. 농서를 잘 읽어서 좋은 방법을 골라 시험해 보아라. 색깔을 나누어서 길러도 보고, 홰를 다르게도 만들어보면서 다른 집 닭보다 살찌고 알도 잘 낳을 수 있도록 길러야 하느니라. 때로는 닭의 모습을 시로 지어보면서 짐승들의 실태를 파악해 보아야 하느니, 이것이야말로 책을 읽은 사람만이 할 수 있는 양계니라. …… 너는 어떤 식으로 하고 있는지 모르겠구나. 어미 닭을 기르고 있으니 아무쪼록 앞으로 많은 책 중에서 닭 기르는 법에 관한 이론을 뽑아내어 책을 하나 만든다면 좋은 책이 될 것이다."

닭을 기르는 것도 책을 읽고 하라고 한다.

정약용이 다방면에 남다른 재주를 지닐 수 있었던 것은 모두 독서의 결과이다. 그는 의학에도 특별한 재주가 있어서 마마를 연구하였고, 형 정약전이 흑산도 유배지에서 병 들었을 때는 멀리서 처방전을 지어 보냈고, 이 처방전에 따라 온 동네 사람들이 약초를 찾으려고 법석을 피운 적이 있었다. 정약용은 이런 과학적인 태도와 면밀한 실험을 바탕으로 '마과회통'이란 의학 책도 저술하였다.

정약용의 독서는 문약(文弱)에 빠지지 않는 실천적 행동력을 지닌 독서였다.

유배지에서 보낸 편지

정약용이 얼마나 독서를 중시했는가는 유배지에서 그의 자녀들에게 보낸 편지 속에 절절하게 나타나 있다. 정약용은 6남3녀의 자녀를 낳았으나, 다 요절하고 2남 1녀만 남았었다. 두 아들 학연, 학유와 딸 효정이다. 유배지에서 이들에게 보낸 편지 내용에 한결같이 흐르는 당부의 말은 '독서하라' 는 것이었다.

"날짜를 헤아려 보았더니 지난 번 서신을 받은 지 82일 만에 너희들 서신을 받았더구나. 그 사이 내 턱밑에 준치 가시 같은 하얀 수염 몇 개가 길었더구나. 네 어머니가 병이 난 것은 그렇다손치더라도 큰며느리까지 학질을 앓았다니……. 더욱 초췌해졌을 모습을 생각하니 애가 타서 견딜 수가 없구나. 더구나 신지도에서 귀양살이하는 형님을 생각하면 가슴이 메어진다. 반 년 간이나 소식이 깜깜하니 어디 한 세상에 같이 살아있다고 하겠느냐. …… 내가 밤낮으로 빌고 원하는 것은 오직 네(학유)가 열심히 독서하는 것이다. 문장이 능히 선비의 마음씨를 갖게 된다면야 내가 다시 무슨 소원을 갖겠느냐?

이른 새벽부터 밤 늦게까지 부지런히 책을 읽어 이 애비의 간절한 소망을 저버리지 말아다오. 어깨가 저려서 더 쓰지 못하고 이만 줄인다."

정약용은 망한 집안의 자손이기 때문에 더욱 열심히 독서해야 한다고 가르쳤다.

"이 세상에 있는 사물 중에는 자연 상태로 존재하여 좋은 것이 있는데, 이런 것은 오히려 기이하다고 떠들썩하게 말할 필요가 없다. 다만 파손된 것이나 찢어진 것을 가지고 어루만지고 다듬어 완전하게 만들어야만 그 공덕을 바야흐로 찬탄할 수 있듯이, 죽을 병에 걸린 사람을 치료해서 살려야 훌륭한 의원이라 부르고 위태로운 성을 구해내야 이름난 장수라 일컫는다. 명문 집안 고관들의 자제들처럼 좋은 옷과 멋진 모자를 쓰고 다니며 집안 이름을 자랑하는 것은 못난 자제라도 다 할 수 있다. 이제 너희들은 망한 집안의 자손이다. 그러므로 더욱 잘 처신하여 본래보다 훌륭하게 된다면 이것이야말로 기특하고 좋은 일이 되지 않겠느냐? 폐족(망한 집안)으로서 잘 처신하는 방법은 오직 독서하는 한 가지 방법밖에 없다. …… 의원

(醫員)이 삼대를 계속해 오지 않았으면 그가 주는 약을 먹지 않는 것같이 반드시 몇 대를 내려가면서 글을 읽는 집안이라야 문장을 할 수 있는 것이다."

정약용은 만백성에게 혜택을 주어야겠다는 생각으로 하는 독서가 참다운 독서라고 가르쳤다. 처음에는 경학(經學)을 공부하여 밑바탕을 다진 후에 옛날의 역사책을 섭렵하여 옛 정치의 득실과 잘 다스려진 이유와 어지러워진 이유 등의 근원을 캐본 다음, 반드시 실용의 학문, 즉 실학(實學)에 마음을 두고 세상을 구했던 글들을 즐겨 읽으라고 당부하였다. 마음에 항상 만백성에게 혜택을 주어야겠다는 생각과 만물을 자라게 해야겠다는 뜻을 가지고 있어야만, 참다운 독서를 한 사람이라는 것이다.

정약용은 독서에 임하는 자세에 대해서는 굳은 정신력과 철저한 이해를 강조하였다.

"무릇 남자가 독서하고 행실을 닦으며 집안일을 보살필 때는 응당 거기에 전념해야 하는데 정신력이 없으면 아무 일도 되지 않는다. 정신력이 있어야만 근면하고 민첩할 수가 있고, 지혜도 생길 수 있고, 업적도 세울 수가 있다. 진정으로 마음을 견고하게 세워 똑바로 앞을 향해 나아간다면 태산이라도 옮길 수 있다.

내가 몇 년 전부터 독서에 대하여 깨달은 바가 무척 많은데 마구잡이로 그냥 읽어 내리기만 하는 것은 하루에 백 번, 천 번을 읽어도 오히려 읽지 않는 것과 다를 바가 없다. 무릇 독서할 때 도중에 의미를 모르는 글자를 만날 때마다 널리 고찰하고 세밀하게 연구하여 그 근본 뿌리를 파헤쳐 글 전체를 이해할 수 있어야 한다. 날마다 이런 식으로 책을 읽는다면 수백 가지의 책을 함께 보는 것이 된다. 이렇게 읽어야 읽은 책의 의미와 이치를 훤히 꿰뚫어 알 수 있게 되는 것이니, 이 점 깊이 명심해야 한다."

또 정약용은 아들들에게 자신의 글을 잘 읽어 줄 것도 무척 강조했는데, 그 이유는 유배살이에 대한 한(恨)이 깊었기 때문이었다. 자신이 당하고 있는, 어찌 보면 억울하기도 한 이 죄명으로부터 벗어나 명예를 회복하는 길은, 자식들이 자기의 글을 열심히 읽고 잘 정리해서 후대에 전하여 인정받는 것이라고 생각했다. 그래서

"너희가 독서하지 않는다면, 나는 앞으로 마음의 눈을 닫고 흙으로 빚은 사람처럼 될 뿐 아니라, 열흘이 못 가서 병이 날 것이고, 이 병을 고칠 수 있는 약도 없을 것인즉 너희들이 독서하는 것은 내 목숨을 살려주는 것이다."
라고까지 하였다.

형 정약전과의 애틋한 책 사랑

정약용의 학문 연구와 독서에 막대한 영향을 미친 사람은 형 정약전이다. 정약용에겐 형이 세 명 있었다. 첫째 형은 정약현(이복 형), 둘째 형이 정약전, 셋째 형이 정약종이었다. 큰형

은 농사 짓는 사람이었지만 항상 정약용을 무척 아끼고 사랑하였고, 셋째 형 정약종은 신유사옥 때 공개 처형 당했다. 둘째 형 정약전과 정약용은 신유사옥 때 함께 유배의 길을 떠난다. 황사영 백서 사건으로 유배지에서 잠시 서울로 소환되었다가, 다시 정약전은 흑산도로, 정약용은 강진으로 유배되었다.

정약전은 유배지 흑산도에서 어류에 대한 연구를 불태웠다. 특히 청어와 고등어 연구는 오늘날의 학자들도 감탄할 만큼 과학적이고 정확하다고 한다.

정약용은 괴롭거나 외로울 때에는 앞바다가 훤히 보이는 다산 초당에 올라, 서쪽 흑산도를 바라보며 형을 그리워하였다. 배만 띄우면 금세라도 당도할 것 같은 곳이지만, 자유롭지 못한 몸이니 안타까움만 더해갔다.

큰 바다를 사이에 두고 두 형제는 서로 그리워하면서, 책을 통한 사랑과 격려를 끊임없이 이어갔다. 유배 생활을 통틀어서 정약용은 5백여 권의 저술을 남기는데, 그 중 중요한 것은 모두 형의 감수를 거쳤다.

형제간이지만 정약용에게는 형이 친구 같기도 하고 스승 같기도 하였다. 정약전은 아우의 학문을 이해하고 인정해 주는 거의 유일한 사람이었다. 형에게 보내주면 일일이 정독하고 잘잘못을 지적하여 주었다. 정약전은 술을 좋아하였는데, 술에 빠져 지내다가도 동생의 책이 서신과 함께 도착하면 술 한 모금 입에 대지 않고 보내온 책과 씨름하며 읽고 평을 써 주었다. 정약용도 형이 지적한 것은 얼른 수정하여 형을 믿고 존중하였다.

유배 13년째에 이들 형제에게 기쁜 소식이 전해졌다. 정약용 형제를 죄인 명단에서 삭제하도록 건의했다는 내용이 전해진 것이다. 정약용은 이 소식을 듣자마자,

"형님, 유배에서 풀려날 조짐이 보이니, 그렇게 되면 흑산도로 뫼시러 가겠습니다. 유배되어 올 때처럼 함께 고향 마현으로 돌아가십시다."

하며 전갈을 보냈다. 그러나 이 소망은 이루어지지 않았다. 정약전은 어류 연구의 결과를 「자산어보」로 남겨 놓은 채, 유배에서 풀려나기 1년 전에 그곳 흑산도에서 죽고 말았다.

형이 죽었다는 소식을 접한 정약용은,

"슬프도다. 원통한 그 죽음 앞에서 무슨 말을 더하랴! 외롭기 짝이 없는 이 세상에서 나를 알아 주는 오직 한 분 그분마저 잃게 되었구나. 이제 누구에게 상의해 보겠느냐. 240권의 책을 새로 엮어 책상 위에 보관하여 놓았더니, 이제 나는 불사르지 않을 수 없겠구나."

하고 애통해하였다.

유배지에서의 독서 열심과 기쁨

유배지에서의 생활은 단조로웠다. 책을 읽고 글을 쓰는 것이 전부였다. 정약용의 전반기 독서 생활이 정조와의 관계 속에서 그런 대로 무난하게 이루어졌다면, 정조가 죽자마자 일

어난 신유사옥으로 인해 유배지로 귀양가서 이루어진 후반기 독서는 고독한 가운데 치열하게 전개되었다.

정약용은 고향에 두고 온 처자식이 그리울 때마다 더욱더 독서에 매진하였다. 유배지의 고독함과 외로움을 독서로 달랜 것이다. 책이 외로움과 고독을 잊게 해 줄 때가 많다. 독서는 정신에 원기를 돌게 하기 때문에, 고독할 때 독서하면 그것을 잊을 수 있는 것이다.

다산 초당에서의 학문과 독서 열기는 뜨거웠다. 다산 초당은 두 개의 암자로 이루어져 있었는데, 동쪽 암자에서는 다산이 거처했고, 서쪽 암자에서는 제자들이 거처했다. 읽고 쓰고 강의하며 보람있는 날들이 계속되었다.

유배 중 정약용은 외가에서 책을 얻어다가 읽었다. 정약용의 외가는 해남이다. 강진은 해남에서 멀지 않은 곳이므로, 정약용은 외가에서 많은 책을 가져다 읽는 기쁨을 누릴 수가 있었다. 또 딸의 혼례를 치르는 기쁨도 있었다. 다산 초당에서 정약용이 제자로 가르친 윤창모라는 사람과 딸이 혼례를 치렀는데, 결혼식에는 갈 수 없었지만, 그 기쁨은 작지 않았다.

유배 16년째, 추사 김정희가 다산 초당으로 찾아왔다. 글과 글씨의 당대 제일의 두 대가가 만난 것이다. 김정희는 정약용이 쓴 목민심서 초간본을 읽고 다산의 제자가 되어 그곳에 2개월 간 머물며 '다산 초당'이라는 현판 글씨를 써서 걸어 놓고 갔다.

유배지에 왔을 때, 정약용은 처음에는 악몽에도 시달리고 두려움도 느끼면서, 이제나 저제나 유배가 풀릴까 하는 희망을 가져보기도 했으나, 십여 년이 지나면서는 아무런 생각 없이 독서와 저술에만 몰두했다. 유배 기간이 18년이나 될 줄을 누가 알았으랴. 이 긴 시간을 한결같은 독서열, 변함없는 저술 작업, 초인간적인 노력으로 독서와 연구에 몰두했기 때문에, 조선 역사상 유례를 찾을 수 없는 방대한 업적을 이룰 수 있었던 것이다.

당대의 전문가이자 신지식인

다산 정약용의 독서가 우리에게 새로운 의미를 던져 주는 것은, 그의 독서는 당시의 성리학과는 달리 독서를 위한 독서가 아니었다는 점이다. 정약용은 행동을 중시했고, 실제적인 것을 중시했다. 그림의 떡 같은 학문을 멀리하였고, 집어먹을 수 있는 떡을 찾았다. 독서가 독서로 그쳐서는 안 되며, 독서하고 연구한 것이 인간의 삶과 생활을 더욱 풍성하고 유익하게 변화시킬 때에만 독서의 가치가 있다고 믿었다.

이런 정약용의 실학이었기에 현대적 관점에서 볼 때에도 큰 의미가 있는 것이다.

"내가 젊었을 때에 한강에 다리를 놓았으며, 수원성을 쌓을 때는 기중기를 만들어 조그마한 힘으로 무거운 물건을 번쩍번쩍 들어올리게 하였느니라. 이는 실학 응용의 대표적인 예이니라. 그러나 그 외에 천문학, 기상학, 기하학, 수학, 농학, 수

리학 등 헤아릴 수 없이 많은 지식들이 우리 앞에 놓여 있지 않느냐. 이러한 학문을 서양 사람들은 충실히 연구하여 백성들에게 알려주고 그들로 하여금 잘 살게 하려고 노력하고 있음에도, 정작 우리 나라는 무기력하게 유학에만 빠져 있으니, 자명종을 만들어낼 수 없는 것이 아니겠느냐."

건축을 전공하지 않았지만 한강에 다리를 만들고 수원성 축조에 쓸 기중기를 만들었고, 의학을 전공하지 않았지만 형이 흑산도에서 병으로 시달릴 때에 처방전을 지어 보낼 수 있었던 정약용은, 정치 경제 사회 문화 등 모든 분야에 걸친 대가였다.

정약용은 독서를 통해서 그것들을 이루었다. 정약용은 지금 이 시대가 필요로 하는 전문가였으며 신지식인이었다.

> 남의 책을 많이 읽어라. 남이 고생한 것을 가지고 쉽게 자기 발전을 이룰 수 있다.   - 소크라테스

05. 에디슨
도서관을 통째로 읽은 벤처의 선구자

에디슨(Edison, Thomas Alva ; 1847-1931) : 미국의 발명가

발명의 선구자

"천재란 99%가 땀이며, 나머지 1%가 영감(靈感)이다."
'에디슨' 하면, 첫 번째 떠오르는 것이 '발명왕'이다. 세계 최초의 공업용 실험실을 세웠고, 1093개의 특허를 얻어 세계 기록을 보유하고 있다. 가히 문명 사회의 등불을 밝힌 선구자라 할 수 있다.

그러나 발명왕 에디슨의 바탕을 이루는 것이 독서였다는 것을 이해하는 사람은 많지 않은 것 같다. 에디슨은 발명왕이기 이전에 한 사람의 맹렬한 독서가였다. 그의 모든 발명은 독서의 산물이다.

어머니 낸시의 책 읽어 주기

에디슨은 초등학교에 입학한 지 석 달만에 학교에서 쫓겨나고 말았다. 질문이 많은 에디슨을 문제아, 열등생으로 취급하였기 때문이다. 학교에서 그만 두게 된 에디슨을 그의 어머니가 독서로써 양육하였다.

에디슨의 책 읽기는 어머니의 책 읽어주기에서부터 시작되었다. 낸시는 에디슨이 비록 학교에서 쫓겨나기는 했지만 그렇게 가망없는 아이라고 생각하지 않았다.

'이 아이는 열등아가 아니다. 이제부터 내가 가르치겠다.'
에디슨의 잠재력을 일깨우기 위해서, 여러 가지 생각 끝에 책을 읽어주는 교육 방법을 선택하였다. 다행히 에디슨의 집에는 많은 책들이 있었다.

어머니의 책 읽어주기가 시작되면서, 에디슨은 갑자기 활기를 띠기 시작하였다. 책 읽기가 에디슨의 어린 두뇌에 활력을 불어넣은 것이다. 에디슨의 어머니는 시어즈의 「세계사」, 기번의 「로마 제국 흥망사」, 흄의 「영국사」 등 장편 역사책을 부지런히 읽혔다.

9살이 되면서 에디슨은 스스로 셰익스피어와 디킨즈의 작품을 읽기 시작하였다. 낸시는 에디슨이 12살이 될 때까지 그의 독서에 지속적인 관심을 기울였다. 책을 한 권씩 읽으면 가끔은 25센트짜리 동전 하나를 선물하여 에디슨의 독서 의욕을 불러일으키기도 하였다.

이런 과정을 통해서 에디슨은 새로운 세계를 개척해 나갔다. 에디슨의 온갖 상상력과 창의력이 어린 시절 책 읽어주기에서 탄탄한 바탕을 마련한 것이다. 어린 시절에 아이에게 책을 읽어주는 것보다 더 유익한 일은 없다고 한다.

유명한 영화 감독 스티븐 스필버그도 예외가 아니다. 스필버그의 어머니는 어렸을 적 스필버그가 잠들 때까지 매일 밤 머리맡에서 책을 읽어주었다. 스필버그의 상상력은 이때 만들어진 것이다. 스필버그 자신은 책을 별로 좋아하지 않는다고 말했지만, 어린 시절 어머니가 읽어 준 책이 마음 속에 새겨져 평생을 함께 했다는 점은 부정하지 않는다. 'ET', '쥬라기 공원', '인디아나 존스', '백투더 퓨처' 등 대성공을 거둔 작품들의 바탕을 이루는 감수성과 창의력이 아주 오래 전 어머니의 책 읽어주는 그 소리에 의해 잉태된 것이다. 오늘, 아이에게 책 읽어주는 소리가 지금 그 아이의 깊은 곳에 어떤 소중한 씨앗을 뿌릴지는 아무도 모른다.

어느 정도 어렸을 때부터 책을 읽어줄 것인가? 몇 살 때부터 책을 읽어주면 좋을까? 책 읽어주기는 아무리 빨라도 빠른 것이 아니라고 한다. 매일 일정 시간 자녀에게 큰소리로 책을 읽어주면, 그 아이는 삶에서 그만큼 앞서 간다는 교육 비결을 16년째 홍보하는 트렐리스라는 사람은,

"대부분의 사람들은 처음에 내 말을 들으면 믿질 않습니다. 그들이 믿지 않는 이유는 세 가지입니다. 첫째, 비결치고는 너무 단순하고, 둘째 돈이 안 들며, 셋째는 아이들도 좋아하기 때

문이죠. 이 얼마나 좋은 비결입니까?"

트렐리스는 어린 아이를 껴안아 주는 것 다음으로 가장 좋은 양육법은 소리내어 책을 읽어주는 것이라고 역설한다. 책 읽어주기는 어린 시절 아이에게 줄 수 있는 최고의 선물이다. 어린 시절에 부모가 책을 읽어준 아이는 장래가 유망한 아이다. 아이의 글 읽는 습관이 커서도 유지되도록 장려하는 것이 지혜로운 부모의 할 일이다. 에디슨의 어머니는 참으로 지혜로웠다.

「로마 제국 흥망사」와 「자연 과학의 학교」

에디슨이 특히 인상깊게 읽은 책으로, 기번이 쓴 「로마 제국 흥망사」가 있다. 에디슨은 이 책에 대해 대단한 흥미를 느꼈다. 이 책은 영국의 역사학자, 에드워드 기번이 프랑스와 이태리를 직접 두루 다니면서 많은 자료를 수집한 후 쓴 책이다. 이 책에서 그는, 로마가 멸망한 가장 큰 원인은 로마 사회의 도덕적 붕괴라고 하였으며, '개혁이란 내부에서 일어나는 것이지 외부에서 오는 것은 아니다.' 라고 주장하였다.

「로마 제국 흥망사」는 영국 수상인 처칠도 아주 재미있게 읽었다고 한다. 처칠은 역사를 좋아하여 역사책을 많이 읽었는데, 아버지로부터 '문제의 핵심을 조금도 파악하지 못하고 있다.' 는 핀잔을 듣고, 역사적 안목과 통찰력을 키워야겠다고 생각하고 이 책을 읽었다.

"나는 아무 망설임 없이 8권으로 된 기번의 「로마 제국 흥망사」를 읽기 시작했습니다. 나는 이내 그 이야기와 문장에 매료되었습니다. 인도의 태양 광선이 강하고 긴 낮 동안, 그리고 석양의 그림자가 플로 시간을 알릴 때까지 나는 기번을 읽었습니다. 나는 책의 끝에서 끝까지 의기양양하게 달려 돌아다니며, 참으로 기쁘기 한량없었습니다. 내 개인적인 의견을 책의 여백에 적어 넣었고, 이윽고 저자에게 완전히 공명했습니다."

처칠은 이 책을 인도에서 읽었다. 인도에서 3년간 지낼 때 어머니에게 보내달라고 해서 읽은 책인데, 얼마나 재미있었던지 곧이어 기번의 자서전까지 읽기 시작했다고 한다. 에디슨과 처칠 말고도 이 책 「로마 제국 흥망사」는 벤자민 프랭클린을 비롯하여 많은 사람들에게 큰 영향을 미쳤다.

어머니와 함께 거의 모든 책을 마음 속에 새겨 나간 에디슨이었지만, 에디슨이 참으로 이해하기 어려웠던 책이 있었다. 뉴턴의 「자연 철학의 수학적 원리」만은 도무지 이해할 수 없었다고 한다. 뉴턴을 이해하는 데는 실패했지만, 그는 과학을 무척 좋아하였다.

이런 에디슨에게 결정적인 영향을 미친 책이 파커의 「자연 과학의 학교」였다. 이 책은 어린 에디슨의 머리 속에 항상 감돌고 있었던 '무엇 때문에, 왜'라는 의문을 단번에 해결해 주었다.

에디슨은 파커가 이 책에서 발견한 것들을 완전히 이해할

때까지 모조리 실험하였다. 이 책을 통해서 대기의 압력을 재기 위한 간단한 기압계를 만들 수 있게 되었으며, 지렛대와 도르래의 원리를 이해하였다. 태양과 혹성 등에 관한 지식도 이 책을 통해서 배우게 되었다. 특히 파커의 글귀가 에디슨의 상상력을 자극하였다.

"인간은 자연의 무한한 작용을 뒤덮고 있는 장막을 조금 들어올렸을 뿐이다. 만약에 인간이 자연의 실험실 구석구석까지 살필 수가 있다면 아직도 더욱 더 많은 불가사의한 일을 찾아낼 것임에 틀림 없다."

「자연 과학의 학교」가 에디슨에게 막대한 영향을 미친 것처럼, 좋은 책 한 권이 인류 역사에 빛을 남기는 경우가 허다하다. 몇 가지 예를 보자.

고고학자 슐리이만은 「일리아드」를 읽고 트로이 문명을 발굴했다.

파브르는 레온 뒤프르의 '소책자'와 「시이튼 동물기」를 읽고 감명 받아 곤충의 생태에 대한 연구를 거듭하여, 10권으로 된 방대한 「곤충기」를 완성하였다.

링컨은 「엉클 톰스 캐빈」을 읽고 노예 해방의 영감을 얻었다.

어거스틴은 키케로의 「호르텐시우스」를 읽고 새로운 포부와 희망으로 가슴이 설레어, 영원한 지혜와 진리를 찾기 위한 열정이 불타올랐다.

책 한 권의 놀라운 힘이다. 책 한 권을 잘 선택해서 읽으면 운명이 바뀐다. 그렇기 때문에 양서가 중요하다. 에디슨도 「자연과학의 학교」를 읽고 그의 발명 정신에 불을 지폈다. 역사에 길이 남게 될 대발명의 꽃을 피우기 위한 씨앗이, 독서를 통해서 어린 에디슨의 머리에 뿌려진 것이다.

에디슨은 머리를 쓰지 않는 것은 몸을 쓰지 않는 것과 마찬가지라고 말했다. 에디슨은 '책 읽는 것 = 머리를 쓰는 것'이라고 생각하였다.

"3, 4주간 팔에 기브스하고 지내면 어떻게 될까. 나중에는 팔의 힘이 약해져서 팔을 쳐들기가 어려울 거야. 그와 마찬가지로, 마음과 머리를 오랫동안 쉬게 하면 생각하는 힘이 무뎌지고 말겠지."

책을 읽고 있거나 실험을 하는 그의 두뇌는 항상 민첩하게 움직이고 있었다. 마치 단거리 선수나 피겨스케이팅 선수의 유연한 몸처럼, 그의 탐구심은 언제나 생생하게 불타고 있었던 것이다.

디트로이트 도서관을 가로로 세로로 읽기

어머니를 통해서 책에 맛을 들이기 시작한 에디슨은, 12세 무렵 열차 판매원 노릇을 하게 된다. 아침에 신문이나 물건을 가지고 나가 팔고, 저녁에 다시 열차를 타고 돌아오는 생활이었다. 하루 종일 중간의 남는 시간에 에디슨이 한 일은 독서였다. 이 시간에 에디슨은 디트로이트 시립 도서관의 책을 모조리 읽어나갔다고 한다. 에디슨은 이 때를 돌이켜보고 말하기를,

"지금 회상해 보니까, 나는 책꽂이의 가장 밑에 있던 책부터 읽기 시작하여 한 권 한 권 책꽂이에 꽂힌 책을 순서대로 독파해 나갔습니다. 나는 책을 몇 권 골라서 읽은 것이 아니라, 도서관 전체를 읽어 버린 것입니다."

에디슨은 도서관을 통째로 읽었다. 도서관을 통째로 읽은 사람들은 엄청난 힘을 발휘한다. 오늘의 중국을 건국한 모택동도 도서관을 통째로 읽었다. 그는 도서관을 읽어버리기 위해 아예 학교를 그만두기까지 했다.

미국의 트루먼 대통령도 도서관을 통째로 읽은 사람이다.

트루먼은 세계 제 2차 대전 막바지에 루스벨트 대통령을 계승하여 미국의 대통령이 되었는데, 이때 미국뿐만 아니라 연합국의 수뇌들은 불안하기 짝이 없었다. 그가 이 어려운 상황을 도무지 잘 헤쳐나갈 것 같지가 않았기 때문이다.

그러나 트루먼은 예상을 뛰어넘는 훌륭한 문제 해결 능력을 발휘하였다. 미국 사람들은 어떤 현상이 생기면 왜 그런 일이 생겼는지를 꼼꼼하게 캐보는 경향이 있다. 트루먼의 뜻밖의 능력이 어디서 온 것인지를 샅샅이 조사한 다음, 그들이 내린 결론은 '트루먼은 젊었을 때 자기 고장 도서관의 책을 모조리 읽었다.' 는 것이었다.

에디슨은 고백하기를,

"나의 피난처는 디트로이트 도서관이었습니다. 나는 맨 아래칸 왼쪽의 책부터 맨 윗줄 오른쪽의 책까지 순서대로 읽었습니다. 문고판, 백과 사전, 전집을 가리지 않고 읽었습니다."

당시의 도서관이 지금처럼 대규모는 아니었다 할지라도, 도서관의 책을 가로로, 세로로 읽어낸 힘이 에디슨의 발명의 원동력이 된 것만은 분명하다.
　그런데 사고가 생겼다. 워낙 실험을 좋아한 에디슨인지라, 그는 신문을 팔면서 기차 안에서 자주 실험을 하곤 하였는데, 기차가 흔들리는 바람에 실험용 약품이 쏟아져 그만 불이 나고 만 것이다. 화가 난 기차 관리인이 에디슨을 열차 밖으로 밀쳐내었는데, 이때 에디슨은 귀를 다쳐서 청력에 이상이 생기고 말았다. 훗날 사람들이 에디슨에게 물었다.
　"귀가 잘 들리지 않아서 생활하는 데 불편하지 않습니까?"
　"천만에요, 나는 오히려 귀가 잘 들리지 않게 된 것에 대해 감사하고 있습니다. 왜냐하면 그로 인해 쓸 데 없는 소리들, 이를테면 소곤거리는 말소리, 테이블의 삐걱거리는 소리, 큰 도회지의 시끄러운 소리들을 차단하고, 독서와 연구에만 몰두할 수 있게 되었으니까요."

「페러데이 전기 시리즈」에 대한 집중

　집중적인 독서를 하는 사람들을 보면 공통점이 있다. 옷차림새나 먹는 것은 소박하다. 돈을 책 사는 데 다 써버리니까 그렇다. 그렇지만, 좋은 책 하나 발견했다 하면 빨리 읽고 싶은 마음 때문에 흥분으로 숨이 가빠진다.
　자신이 독서를 좋아하는지 그렇지 않은지는 책값에 얼마를 투자하는가를 보면 대충 짐작할 수 있다. 값비싼 대가를 지불하면서 하는 독서가 능력을 발휘한다.

에디슨도 마찬가지였다. 돈을 화학 약품이나 책 사는 데 몽땅 써버렸기 때문에, 그는 항상 주름이 없는 너덜너덜한 옷을 입고 외투도 없이 초라한 생활을 하였다.

그러던 어느 날 에디슨은 책방에서 자신의 평생을 통해 가장 유익한 책을 발견하였다. 「패러데이 전기 시리즈」였다. 이 책을 쓴 패러데이도 지독하게 가난한 집안에서 자란, 지독한 독서가였다. 책이 좋아서 13살부터 아예 책을 묶는 제본소에 취직해서 낮에는 일하고, 밤에는 실컷 책 속에 파묻혀서, 전기에 관한 내용은 모조리 베껴 외웠다고 한다.

에디슨은 즉각 「패러데이 전기 시리즈」를 사들고 초라한 하숙방으로 돌아오기가 무섭게 읽기 시작하였다. 그의 친구는 이 때의 상황에 대해,

"에디슨의 눈길이 종이에 구멍이라도 뚫을 듯이, 잠자는 일도 잊어버리고, 먹는 일도 완전히 잊어버린 채 이 책에 빠져버리고 말았다."

라고 기록하고 있다. 친구인 밀튼이 에디슨을 억지로 끌어내어 '너, 그렇게 책만 읽다가는 죽어' 하며 밥을 먹자고 하니까, 에디슨은

"일은 산더미처럼 쌓여 있는데, 사람의 일생은 정말로 짧은 것 같아."

하고 탄식하며 아침밥을 먹기 위해 뛰쳐나갔다. 에디슨의 나

이 21세였다. 책을 읽으므로 아이디어가 넘치게 되고, 할 일이 많아지는 것을 에디슨은 체험하였다.

에디슨의 모든 발명의 근원인 책

에디슨의 발명은 한결같이 책의 어느 곳에 근거를 두고 있다.
전화를 발명할 때, 수천 번 실험을 해 나가면서 에디슨은 파커의 「자연 과학의 학교」에서 읽은 내용을 떠올렸다.
백열전등을 발명할 때, 이 새로운 계획을 위해서 에디슨은 가스등에 관한 논문과 보고서를 닥치는 대로 조사하였다.
전차를 발명할 때, 영국의 데이비드라는 사람이 전지로 달리는 전차를 연구했다는 이야기와, 미국의 퍼머라는 사람이

축전기 전차를 만들어내려고 했던 이야기를 디트로이트 도서관에서 읽은 것을 기억하였다. 20년 전에 읽은 책의 내용을 기억하고 있어서 주변을 놀라게 하였다.

축전지를 발명할 때, 피로하니 잠 좀 자야겠다고 에디슨은 실험실 밖으로 나갔는데, 한참 후에 보니 연구실 책상 위에 있는 와트의 「화학 사전」에 얼굴을 묻고 잠을 취하고 있었다.

이런 예를 통해서 볼 때, 에디슨은 어떤 상황에서나 책을 통해 아이디어를 얻고 발명을 이루었다는 것을 알 수 있다. 활동 사진, 각종 전기 기구 등 에디슨의 새로운 아이디어나 발명이 모두 독서를 통해 이루어졌음을 다시 한번 확인하자.

멘로파크와 웨스트오렌지의 도서관

에디슨은 자신의 발명의 원동력이 책이고 독서라는 것을 너무 잘 알았기에, 자신의 연구소를 세울 때에 도서관을 가장 중시하였다. 처음에 세운 멘로파크 연구소에도 커다란 도서실이 있었지만, 이곳이 불에 타자 새로 지은 웨스트오렌지 연구소에서는 도서실을 더 중시하였다.

이 새로운 연구소는 세로 77m×가로 8m의 넓이에 3층으로 지어진 기다란 건물이었으며, 30m×6m의 규모로 지어진 건물이 4개나 딸려 있었다. 에디슨은 중앙 건물의 1층 제일 좋은 자리에 넓은 도서관을 배치하고, 책장에는 6만 권이나 되는 책을 갖추었다. 과거 50년 간에 걸쳐 세계 각국에서 출판된 과학 전문 잡지, 신문 기사는 물론 각 대학에서 발표된 연구 논문이 거의 모두 진열되어 있었다. 훗날, 미시간주 디어본으로 옮겨진 멘로파크 연구소와 웨스트오렌지 연구소는 오늘날 각각 박물관으로 남아 있다.

벤처, 아이디어, 새로운 발견을 위한 독서

첨단 사회는 벤처로 통한다. 벤처 성공에 국가 경제의 사활을 걸고 있다. 정부에서도 벤처에 막대한 지원을 하고, 대학마다 벤처 창업 열풍이 불기도 했다. 끊임 없이 새로운 기술을 발명한 에디슨이야말로 벤처의 원조라고 할 수 있다.

벤처와 독서는 관련이 없는 것처럼 생각되지만, 에디슨을 보라. 발명하기를 꿈꾸는가? 새로운 것을 탐구하기를 원하는 사람들은 디트로이트 도서관을 피난처로 삼은 에디슨을 연상하자. 눈앞에는 실험하는 모습만 보이지만 바로 옆에, 고개를 돌리면 그 곳에 책을 두고 있는 에디슨의 모습을 닮자. 독서하면 에디슨과 같은 '창조적 소수'가 될 수 있다.

과거 에디슨이 읽고 자극받은, '만약에 인간이 자연의 실험실 구석구석까지 살필 수가 있다면 아직도 더욱 더 많은 불가사의한 일을 찾아낼 것임에 틀림 없다.'는 파커의 이 말이 오늘날의 상황에서 보면 명백히 옳은 말로 증명되었듯이, 이 말은 미래의 어느 상황에 가서도 똑같이 옳은 것으로 증명될 것이다. 아직도 발견해 주기를 기다리고 있는 신기한 것, 희한한 일들이 상상할 수 없이 꽉 차 있다. 이를테면, 생명공학 같은 분야는 이제 곧 바이오 혁명이 일어날텐데, 이런 분야에서 빌 게이츠 같은 사람 몇 명만 키워내면 이들이 온 나라를 먹여 살린다고 하지 않는가.

현대 사회는 새로운 것의 발견에 목숨을 걸고 있는 세상이다. 새로운 아이디어가 독서에서 나온다. 새로운 계획, 새로운 방법, 새로운 상품, 새로운 정책, 그 모든 해답이 독서에 있다.

발명과 독서에 몰두할 수 있는 조용한 시간을 갖기 위해, 열차 화재로 다친 청각 장애를 치료해 주겠다는 제의를 거절할 만큼 일에 대한 강렬한 의욕을 지닌 에디슨이었지만, 에디슨은 또 무척 여유 있는 사람이었다. 잠을 안 잘 정도로 쉬지 않고 일하는 가운데서도, 연구소에서 돌아오면 아이들의 방으로 가서, 실험 작업복을 입은 그대로, 함께 물구나무도 서고 숨바꼭질도 하고 스크린에 그림자 찍어내기 놀이도 하곤 했다. 독서가 에디슨은 이런 멋을 지닌 사람이었다.

> 아무 산이나 고운 물을 내는 건가. 우선 숲이 울창해야 하고 그 속엔 약초도 있고 비도 적당히 내려야지. 사람에겐 독서란 게 약초나 비 같은 거야. 바로 영혼의 영감을 만들어내는 근본이 아니겠어? — 황병기

06. 헬렌켈러
육신의 장애를 떨쳐버린 손가락 끝 독서

헬렌켈러
(Keller, Helen Adams ; 1880-1968) :
미국의 맹농아 저술가, 사회사업가

어둠에서 빛으로 나아가게 한 독서

헬렌켈러는 '3중고(三重苦)의 성녀'로 불리어진다. 헬렌켈러는 장님이고 귀머거리이고 벙어리였다.

그 절망적인 마음을 이렇게 표현하였다.

"혼자 인생의 닫힌 문 앞에 앉아 적막감에 싸여 무언가를 기다리고 있을 때의 싸늘한 고독감은 주체할 수 없었습니다. 그 닫힌 문 저쪽에는 빛이 눈부시게 쏟아지고 음악이나 즐거운 사교도 있습니다. 그러나 나에게는 그리로 가는 문이 허락되지 않는 것입니다. 무언의 비참한 운명이 길을 막고 있는 것입니다. 나는 가능하다면 운명의 신에게 반항하고 싶습니다. 내 마음은 이렇듯 수양이 되어 있지 않았고, 감정에 사로잡혀 있었습니다. 그러나 야속하게도 내 혀는 입술에 감도는 쓰디쓴 말을 뱉어낼 수 없으므로, 그것은 눈물이 되어 다시 마음속으로 흘러드는 것이었습니다. 내 영혼의 머리 위에는 언제나 슬픈 침묵이 도사리고 있습니다."

이런 헬렌켈러가 어느덧 또 다른 고백을 하게 된다.

"희망이 고개를 들어 모든 것을 잊고 최선을 다하면 기쁨을 얻을 수 있다고 소근거립니다. 그래서 나는 다른 사람이 볼 수 있는 빛을 내 태양으로 삼고, 남의 귀에 들리는 음악을 내가 듣는 것으로 여기고, 남의 입술에 떠오르는 미소를 내 행복으로 삼으려고 노력합니다. 내 인생을 누군가가 대신 살아주고 있다고 위안하며, 오늘도 나는 빛을 향하여 한 걸음 앞으로 나아가는 것입니다."

놀라운 변화다. 바로 전에 절망의 수렁에 빠져 있었는데, 이제 빛을 향하여 한 걸음 한 걸음 나아가게 되었다. 이런 변화의 계기가 무엇일까? 독서다. 손가락 끝으로 이루어진 독서의 능력이다. 헬렌켈러는 독서할 수 있는 조건을 전혀 갖추지 못하고 있었다. 그러나 암흑에서 벗어나고자 하는 몸부림이 독서로 이어졌다. 절박한 내적 고통이 독서할 필요성을 느끼게 한 것이다.

설리번 선생은 헬렌켈러의 손바닥에 글자를 써서 사물의 이름을 가르치기 시작했다. 나중에 설리번 선생은 자신의 뒷머리에 헬렌켈러의 손가락을 대게 하여 헬렌켈러에게 진동을 듣도록 함으로써 말하는 법을 익히게 하기도 하였다. 설리번 선생을 만남으로써 헬렌켈러는 어둠에서 빛으로 옮겨가는 독서를 시작한 것이다.

독서에서 얻은 큰 기쁨

"내가 책에 얼마나 많은 신세를 졌는지는 이루 다 말할 수 없습니다. 기쁨이나 지혜뿐만 아니라, 일반 사람들이 눈이나 귀로 얻는 지식까지도 나는 책에서 얻었습니다. 그만큼 나의 배움에서 책은 보통 사람보다 훨씬 큰 의의를 지니고 있습니다.

내가 처음으로 이야기책을 읽은 것은 1887년 5월이었으며, 그 때 내 나이는 7살이었습니다. 그 후로 오늘에 이르기까지 손가락 끝에 닿는 책은 모조리 읽었습니다.

처음에 나는 몇 권의 점자 책밖에는 갖고 있지 않았지만, 그 책들의 점자가 거의 닳아서 읽을 수 없을 지경이 될 때까지 반복해서 읽었습니다. 내 마음에 드는 책을 몇 번이고 계속해서 읽는 재미가 얼마나 좋았는지 모릅니다."

본격적인 독서의 시작

"내가 드디어 본격적인 독서를 하기 시작한 것은 처음으로 보스톤에 갔을 때였습니다. 나는 날마다 일정한 시간에 학교 도서관에 가서 서가의 책을 마음껏 꺼내 읽었습니다. 열 마디 중에서 한 마디밖에 몰라도, 혹은 한 페이지 가운데서 단어 둘밖에 몰라도 끝까지 읽어 내려갔습니다. 말 자체가 내 마음을 끌었던 것입니다. 그 당시에 나는 상당히 예민한 편이었다고 생각합니다. 그 증거로는, 전혀 뜻을 모르는 말이나 문장을 많이 기억하여, 나중에 내가 무슨 이야기를 하거나 글을 쓸 때, 그 말이나 문장이 자연스럽게 떠올라, 친구들은 내가 말을 많이 알고 있는 데 놀랄 정도였으니까요. 나는 이와 같이 뜻도 모르고 많은 책들을 부분적으로 읽고 또 시도 많이 읽었습니다. 그러다가 나는 「젊은 폰드레로이 경」을 발견하였는데, 이 책이 내가 이해하면서 읽은, 가치 있는 책 중에서 맨 처음의 것이었습니다.

 설리번 선생님은 책을 읽기 전에 나에게 어려운 대목을 미리 설명하고, 읽어 나가면서 새로운 낱말의 뜻을 일일이 가르쳐 주었습니다. 처음에는 내가 모르는 말이 많이 나와, 때때로 읽기를 중단하고 설명할 필요가 있었으나, 이야기의 줄거리가 잡히기 시작하자, 나는 이야기 쪽에 완전히 정신이 팔려, 하나 하나의 낱말 따위를 신경 쓸 겨를이 없었습니다. 나는 설리번 선생님이 필요하다고 생각하는 설명까지도 귀 밖으로 흘려 버리고 앞을 재촉한 것으로 기억하고 있습니다. 선생님의 손가락이 피로하여 한 글자도 더는 쓰지 못하게 되자, 나는 생전 처음으로 자기 눈과 귀가 멍들어 있음을 절실히 느끼고 유감천만으로 생각하는 것이었습니다. 나는 그 책을 손에 들고, 영원히 잊을 수 없는 강한 욕구에 사로잡혀 인쇄된 글자를 손끝으로 더듬었습니다.

 그 후로 나의 간절한 소망이 이루어져 아나그노스 씨가 이 이야기의 점자책을 만들어 주었습니다. 나는 몇 번이고 되풀이하여 읽었으므로 나중에는 거의 다 암기할 정도였습니다. 「젊은 폰드레로이 경」은 나의 소녀 시절을 통하여 온후하고 아름다운 친구였습니다. 내가 독자들에게 지루한 느낌을 주는 것을 두려워하면서도 이와 같이 상세하게 쓴 것은, 그것이 나의 어린 시절의 독서에 대한 흐리멍텅하고 혼란한 기억과는 달리, 너무나 선명한 기억으로 남아 있기 때문입니다."

 헬렌켈러는 손가락 끝으로 세상을 배웠다. 헬렌켈러의 손가락 끝은 정상적인 눈과 귀를 부끄럽게 할 만큼 훌륭한 독서의 도구였다. 처음에는 설리번 선생이 헬렌켈러의 손바닥에 글씨를 써 주는 지화법으로 읽었지만, 그것보다는 스스로의 손으로 점자책을 읽는 것이 더 즐거웠다고 한다. 맨 처음 손가락 끝으로 아는 글자를 만났을 때의 기쁨을, '숨바꼭질에서 숨은 아이를 찾아냈을 때의 기쁨'과 같다고 하였다.

뜻하지 않은 독서의 중단

그런데 12살 때, 뜻하지 않게 한동안 책 읽기를 중단한 일이 있었다.

"1892년 겨울, 꿈을 키우던 나의 소녀 시절의 찬란하던 하늘은 갑자기 나타난 검은 구름에 덮여 그 빛을 잃게 되었습니다. 즐거움에 잠겼던 마음은 어느 새 사라지고 나는 오랫동안 의혹과 불안, 공포에 사로잡히게 되었습니다. 열심히 읽던 책도 팽개쳐 놓고 하루종일 말 한 마디 없이 앉아 있었습니다. 아무것도 하기가 싫었습니다. 지금도 그 무서웠던 여러 날들을 생각하면 가슴이 써늘해지는 것 같습니다."

사건인즉슨, '서리왕(Frost King)'이라는 글을 써서 학교 교지에 발표했는데, 이것이 다른 사람의 글을 베낀 표절 작품이라는 비난을 받은 것이다. 이 작품이 마아카렛 캔비라의 '삼림의 요정'이라는 작품과 착상에서 문장까지 너무 비슷하다는 것이었다. 이렇게 된 이유를 헬렌켈러는 다음과 같이 설명하였다.

"당시에 나는 손에 잡히는 책은 아무 책이나 닥치는 대로 읽어 나갔으며, 읽은 것은 그대로 기억하게 되었습니다. 그렇기 때문에 어디까지가 내 자신의 것이고 어디까지가 책에서 읽은 것인지 분별할 수 없게 되었습니다. 꿈을 꾼 것이 마치 생시의 일처럼 생각될 때가 있고, 생시의 일이 꿈속의 일처럼 느껴질 때가 있듯이 도무지 분간할 수 없을 때도 있었습니다. 이와 같은 경향은 나의 개념 형성이 모두 다른 사람들의 감각을 통하여 이루어진 데서 오는 것이었습니다."

이 사건으로 인한 충격 때문에 잠시 책을 놓았지만, 헬렌켈러의 심령은 이미 책을 떠나서는 존재할 수가 없게 되어 있었다. 이후로 헬렌켈러는 편지를 쓰면서도 이것이 어느 책에서 읽은 것이 아닌가 하여 지웠다 썼다 하는 경우가 많았다고 고백하였다.

「일리아드」에서 누린 자유로운 영감

헬렌켈러는 「일리아드」를 무척 좋아하였다. 「일리아드」는 호머가 쓴 그리스 최대 최고의 서사시이다. 이 작품은 10년간에 걸친 그리스군의 트로이 공격 중 마지막 해에 일어난 사건들을 노래한 것으로서, 과거를 뒤돌아보고 미래를 암시함으로써 비극성을 강조하였고, 여러 가지 비유로 자연계와 인간계의 관계를 특색 있게 묘사한, 그리스의 국민적 서사시이며, 유럽 서사시의 모범이다.

헬렌켈러는 이 작품을 쓴 호머를 사랑하여, '호머는 뜨거운 태양 아래서 머리칼을 바람에 나부끼면서 서 있는 아름답고 생기 발랄한 젊은이와 같다.'고 했다. 호머는 헬렌켈러처럼 장님이었다.

헬렌켈러가 「일리아드」를 특히 좋아한 데에서 헬렌켈러 독서의 본질을 이해할 수 있게 된다.

"그리스를 나의 낙원으로 만들어 준 것은 「일리아드」였습니다. 위대한 시는 희랍어이건, 영어이건, 거기에 감응하는 마음 이외의 통역자를 필요로 하지 않습니다. 한 편의 아름다운 시를 올바로 이해하고 감상하기 위해서는 하나하나의 낱말의 의미를 추구하거나 그 동사의 변화를 지적하고 문장의 문법적인 관계를 설명하는 것이 반드시 필요한 것은 아닙니다. 시인의 위대한 작품을 분석하거나 해설과 주석을 붙여 번거롭게 하는 학자들이 이 단순한 진리를 깨달았으면 하고 나는 얼마나 원하였는지 모릅니다.

「일리아드」의 가장 아름다운 대목을 읽으면, 나는 생활의 궁핍과 답답함에서 나를 끌어올리는 일종의 영감을 의식하게 됩니다. 나는 육체적인 결함은 잊어버리게 되며, 나의 세계는 점점 높아지고 넓어져 하늘의 높이와 폭과 넓이가 다 내것이 되는 것처럼 생각되기도 합니다."

헬렌켈러는 글을 읽으며 분석하고 해설하는 것을 몹시 싫어했다. 작품을 있는 그대로 마음으로 받아들이기를 원했다. 그래서 학교 다닐 때에도 활기 넘치고 재치가 풍부한 작문 시간을 좋아했는데, 작문 선생님은 그 어떤 분보다도 원래 작품의 신선함과 감동을 상하지 않고 문학 그 자체를 전달했기 때문이었다.

　헬렌켈러는 예술 작품이나 문학 작품은 어디까지나 '설명이 필요 없이 가슴으로 만나는 것'이라고 생각한다. 이것이 헬렌켈러 독서의 본질이다. 지적 분석이나 평가보다 '마음'으로 느끼기를 원했다. '생활의 궁색에서 나를 끌어올리는', '육체적 결함을 잊어버리고 높이 끌어올려지는' 일종의 고양감(高

揚感)을, 헬렌켈러는 독서에서 얻은 것이다.

"이와 같이 책의 날개를 타고 하늘을 날아다닌다는 것은 얼마나 즐거운 일이겠습니까?"

독서는 우리의 어수선하고 부조리한 마음을 씻어내고, 무기력하고 갑갑하며 참담한 현실로부터 우리를 높다랗게 끌어 올려준다. 이것이 고양감이다. 독서는 우리의 심령을 산뜻하고 쾌적한 곳으로 끌어올려 얽매이지 않는 자유와 해방감을 누리게 하는 힘이 있다. 답답할 때 독서하면 마음이 정화되는 느낌을 받는 것은 이 때문이다. 그래서 헬렌켈러는 '영혼에 신성한 힘을 주는 것은 독서'라고 말하였다.

「성경」에서 발견한 기쁨과 위안

"다음에 내가 성경을 읽기 시작한 것은 그것을 이해할 수 있기 훨씬 이전의 일이었습니다. 지금 생각해 보면 성경의 놀라운 음악에 대하여 내 영혼이 귀머거리였다는 것이 이상하게 생각될 정도지만, 어느 비오는 일요일 아침에 나는 심심한 나머지 사촌에게 성경 구절이나 읽어 달라고 부탁하였습니다. 사촌은, 읽어 줘도 내가 이해하지 못할 거라고 생각하면서도 요셉과 그 형제들의 이야기를 손바닥에 써 주었습니다. 아니나 다를까 어찌된 영문인지 조금도 재미가 없었습니다. 이상한 어투와 같은 말의 반복이 이야기를 현실성이 없는, 재미없는 것으로 만들어 버리는 것이었습니다. 그리하여 형제들이 요셉을 팔아 넘기고 피를 묻힌 옷을 가지고 와서 아버지 야곱에게 거짓말을 하는 대목에서 그만 잠들어 버렸습니다.

그리스 인들의 이야기가 그처럼 매력적인데, 어찌하여 성경의 이야기가 그렇게 흥미를 끌지 못했는지 나는 그 까닭을 알 수 없었습니다.

그러나 얼마 후, 성경 속에서 발견한 기쁨을 나는 어떻게 표현해야 좋을지 모르겠군요. 나는 오늘에 이르기까지 이미 오랫동안 점점 커 가는 기쁨과 영감으로 성경을 읽고 있습니다. 성경에는 나의 본능에 대항하는 요소가 많이 있는 것은 사실이지만, 나는 다른 어떤 책과도 비교가 되지 않을 만큼 성경을 아끼고 있습니다.

구약 성경 '에스더'의 단순하고 솔직한 점에는 절로 고개가 숙여지기도 합니다. 에스더가 왕 앞에 나가서 하만의 음모를 폭로하는 장면처럼 극적인 데가 있을까요? 그녀는 자기의 목숨이 왕의 수중에 있다는 것을 잘 알고 있습니다. 누구도 왕의 손에서 그녀를 지킬 수는 없습니다. 그러나 여인으로서 온갖 두려움을 이기고, '죽으면 죽으리이다.' 하면서, 강렬한 민족애를 가지고 왕 앞에 나아가 자기 민족을 구원해 낼 수 있었습니다."

헬렌켈러는 처음에는 성경에 흥미를 못 느끼다가 나중에 성경을 통해 큰 기쁨을 얻고 나서, 성경을 처음부터 끝까지 열심히 탐독했다. 헬렌켈러가 성경을 읽고 가장 크게 변화된 것은 감사할 줄 아는 사람이 되었다는 점이다. 자신의 가혹한 운명에 대하여 불평하거나 원망하지 않고, 오히려 하나님께 감사하면서 자신의 삶을 아름다운 것으로 변화시켰다. '내가 만약 사흘 동안만 눈을 뜬다면'에는 헬렌켈러의 그런 마음이 잘 나타나 있다.

"내가 만약 3일 동안만 볼 수 있다면, 첫날에는 나를 가르쳐 준 설리번 선생님을 찾아가 그분의 얼굴을 바라보겠습니다. 그리고 산으로 가서 아름다운 꽃과 풀과 빛나는 노을을 보고 싶습니다. 둘째 날엔 새벽에 일찍 일어나 먼동이 터 오는 모습을 보고 싶습니다. 저녁에는 영롱하게 빛나는 하늘의 별을 보겠습니다. 셋째 날엔 아침 일찍 큰길로 나가 부지런히 출근하는 사람들의 활기찬 표정을 보고 싶어요. 점심 때는 아름다운 영화를 보고, 저녁 때는 화려한 네온사인과 쇼윈도우의 상품들을 구경하고 집에 돌아와, 3일 동안 눈을 뜨게 해 주신 하나님께 감사의 기도를 드리고 싶습니다."

헬렌켈러는 성경을 통해서 큰 위로와 안식을 얻었으며, 그래서 '성경은 나에게, 눈에 보이는 것은 일시적이요, 보이지 않는 것은 영원하다는 깊은 위안을 안겨 줍니다.'라고 말하였다.

기억 속에 생생한 셰익스피어 이야기

"나는 책을 사랑할 줄 알게 된 후로 셰익스피어를 사랑하지 않은 적이 없습니다. 내가 램의 「셰익스피어 이야기」를 언제

읽기 시작하였는지는 분명하지 않지만, 처음에 뜻도 잘 모르면서 재미있게 읽은 것을 기억하고 있습니다. 특히「맥베드」는 가장 깊은 인상을 주었으며, 한 번 읽고 나서 이야기 전체가 내 기억 속에 생생하게 남아 있었습니다. 그리고 오랫동안 밤마다 유령과 마녀들의 꿈을 꾸었으며, 단검과 맥베드 부인의 조그마한 흰 손이 환히 눈 앞에 떠올랐습니다. 처참한 핏자국이 슬픔에 가득 찬 황후의 눈에 비친 것처럼 내 눈에 선명하게 비쳤습니다.

「맥베드」다음으로 나는「리어왕」을 읽었습니다. 글로스터의 두 눈을 도려내는 장면에 이르렀을 때의 두려움을 나는 한평생 잊을 수가 없을 것입니다. 나는 공포를 못 이겨 몸을 한참이나 부르르 떨었으며, 내 마음이 느낄 수 있는 최대의 분노가 가슴에서 치밀어 올랐습니다."

셰익스피어는 영국이 자랑하는 대문호이다. 대부분의 작가는 사후에 높이 평가되는 경우가 많은데, 셰익스피어는 이미 생전에 천재 문학가로 인정받고 많은 재산도 축적한 사람이다. 영국인들이 셰익스피어를 얼마나 자랑스러워하는지는 '셰익스피어를 인도와도 바꾸지 않겠다.'고 한 말만으로도 충분히 짐작할 수 있다.

셰익스피어의 4대 비극인「햄릿」,「오델로」,「리어왕」,「맥베드」는 그의 문학의 절정이며, 세계 문학의 금자탑이라 할 수 있다. 셰익스피어의 이런 작품들은 인간의 선과 악을 근원적으로 다루고 있으며, 또한 인간의 삶 속에 깃들어 있는 원초적인 비극성을 드러내고 있다는 점에서 헬렌켈러에게 큰 감동을 불러일으킨 것이다.

역사책 읽기에서 배운 것

"다음으로 좋아한 것은 역사이며, 나는 손에 넣을 수 있는 역사책은 모조리 읽었습니다. 무미 건조한 사실이나 그보다도 더욱 싱거운 한갓 연대의 나열에 지나지 않는 것부터 그린이 아름다운 문장으로 쓴 공정한 「영국사」에 이르기까지, 그리고 프리만의 「유럽 역사」에서 에머슨의 「중세사」에 이르기까지 읽었습니다.

나에게 역사의 가치를 깨닫게 해 준 것은, 내가 13번째로 맞는 생일 선물로 받은 스윈톤의 「세계사」였습니다. 나는 이 책에서, 지상의 거인이라고 할 수 있는 소수의 지도자가 모든 것을 발 밑에 짓밟아 버리면서, 결정적인 한 마디로 몇 백만 명에게 행복의 문을 열어 주기도 하고, 반대로 몇 백만 명에게 그것을 닫아 버리기도 한다는 것을 배웠습니다. 여러 나라가 예술이나 지식의 개척자로서 앞장서고, 돌아올 시대의 보다 큰 성장을 위해 황야를 개간하는 것을 배웠습니다. 타락한 시대의 치명적인 타격을 받고도, 문명이 북방 민족 사이에서 불사조처럼 다시 부흥하게 된 과정도 배웠습니다. 위대한 성인이 자유와 관용과 교육으로 세계를 구제하기 위해 길을 여는 모습도 이 책에서 배웠습니다."

위인들의 독서에 한결같이 나타나는 공통점이 있다면, 그것은 그들 모두 역사책을 즐겨 읽었다는 점이다. 독서광 나폴레옹이 역사책을 읽으면서 한 말이 있다.

　"나의 지식으로 하여금 늘 역사를 읽게 하여 반성함이 있도록 하라. 이것이 유일한 진실의 철학이다. 또 그로 하여금 탁월한 군인의 역사를 읽게 하라. 이것이 전술을 배우는 데에 유일한 옳은 방법이다."

　이 말은 역사책을 읽음으로써 과거의 삶을 반성하고 현재를 살아갈 지혜를 얻을 수 있다는 뜻이다.

　헬렌켈러가 역사책을 즐겨 읽었다는 점에서 우리는 그녀의 삶이 지향점이 높은, 수준 높은 삶이었음을 금방 알 수 있다. 인간이 자신의 삶을 일시적인 것으로 이해하지 않고, 긴 역사 속에서 의미를 가진 역사적 존재로 인식하고 살아간다면, 그는 대단히 지혜롭고도 차원 높은 삶을 영위하고 있는 셈이다. 역사는 실제적인 삶의 기록이어서 다른 어떤 분야보다도 독자에게 주는 감동과 교훈이 크게 나타나기 때문에, 자신의 삶을 충실한 것으로 만들기 위해서는 누구나 역사책을 읽을 필요가 있는 것이다.

독일 문학과 프랑스 문학에 대한 사랑

　"그리고 대학에서 계속 공부하는 동안에, 나는 프랑스와 독일 문학을 가까이 할 수 있었습니다. 독일 사람들은 생활에 있어서나 문학에 있어서 미보다 힘을 존중하고, 인습보다 진리를 귀히 여기며, 그들의 행위는 쇠망치와 같은 힘을 지니고 있습니다. 그들의 이야기는 남의 마음을 움직이기 위해서 쓰여진 것이 아니라, 그들의 영혼 속에서 불타 오르는 사상을 밖으로 흘려보내지 않고는 심장이 터질 것 같이 느껴지기 때문에 쓰여진 것입니다.

그리고 독일 문학에는 내가 사랑하는 아름다운 작품들이 많습니다. 나를 무엇보다도 감격하게 한 것은 문학에 나타난 여인들이 사랑하는 사람을 위해 자기를 희생하는 이야기입니다. 이러한 사랑은 독일 문학의 바탕을 이루고 있으며, 괴테의 「파우스트」에는 매우 신비로운 말로 표현되어 있습니다.

> 사라져 가는 이 세상의 온갖 것은
> 오직 상징으로서만 남을 뿐
> 대지는 무상하기 짝이 없건만
> 나무는 잘도 자란다.
> 그리고 여인의 영혼이
> 우리를 높은 곳으로 인도하여
> 귀한 열매를 맺게 한다.

내가 읽은 프랑스 문학자 중에서는 몰리에르와 라시느가 제일 마음에 들었습니다. 그리고 발작이나 메리메의 작품에는, 거센 바다 바람처럼 읽는 사람의 마음을 후려때리는 그런 아름다움이 있습니다. 나는 빅톨 위고를 찬양합니다. 그의 천재성, 그 화려한 문체, 그리고 그의 낭만을 사랑합니다. 설령 그가 나의 가장 사랑하는 문학자는 아니라 하더라도, 아무튼 위고나 괴테, 쉴러, 그 밖에 여러 나라의 위대한 시인들은, 모두가 영원한 것의 통역자로서 내 영혼은 간신히 그들의 뒤를 따르며, 아름다움과 진리와 선이 혼연히 하나로 융합된 세계로 인도됩니다.

나는 각각 다른 이유에서 많은 문학자들을 사랑하고 있습니다. 카알라일은 그 엄숙함과 거짓에 대한 경멸 때문에 사랑하

고, 워즈워드는 그가 주장한 자연과 인간의 융합으로 인하여 사랑합니다. 그리고 헤릭의 시에 표현된 백합과 장미의 상쾌한 향취를 좋아합니다. 호이쳐는 그 정열과 결백 때문에 사랑하며, 특히 그를 만난 적이 있으므로 그리운 우정으로 인하여 그의 시를 읽고 갑절의 기쁨을 느낍니다. 그리고 나는 마크 트웨인을 사랑합니다. 누가 그를 사랑하지 않을 수 있겠습니까? 신도 그를 사랑하여 그의 마음 속에 온갖 지혜를 주고, 그가 염세주의자가 되지 않도록 신앙을 주었던 것입니다. 그리고 나는 로엘처럼 낙천주의의 빛을 받아 화끈거리는 마음을 소유한 모든 문학자를 사랑합니다. 때로는 분노를 느끼면서도 동정과 슬픔이 한데 뭉쳐 활활 타오르는 정열적인 작가를 사랑합니다."

헬렌켈러의 독서 이야기가 우리에게 커다란 도전을 주는 것은, 손가락 끝만 사용하고도 그녀는 어쩌면 그렇게 많은 책과 많은 문학 작품을 읽었는가 하는 점이다. 우리는 우리가 읽은 책을 몇 권이나 나열할 수 있을런지. 헬렌켈러는 그처럼 맹렬하게 독서했기 때문에, 모든 감각이 단절된 상태에서도 부족함 없는 자유로운 감성을 지닐 수 있었던 것이다.

요즘은 감성이 중시되는 시대다. 사람의 능력이나 사람의 행복도 감성이 좌우한다. IQ보다 EQ에 더 큰 의미를 둔다. 사람의 감성을 풍성하게 하기 위한 가장 좋은 길은 독서다. 헬렌켈러가 느낀 것처럼 훌륭한 문학 작품에 담긴 '아름다움, 낭만, 진리, 엄숙함, 상쾌함, 정열, 동정과 슬픔' 등을 자주 느낄 때, 우리의 감성도 아주 좋은 것으로 변화되어 갈 수 있는 것이다.

사슬을 끊어버린 영감의 독서

헬렌켈러는 문학이 그의 유토피아(낙원)라고 하였다.
"그리하여 문학은 나의 유토피아가 되었으며, 이곳에서는 나의 인간적인 권리를 빼앗길 우려가 없었습니다. 또한 감각기관의 장애 때문에 이런 친구들과 즐거운 대화를 나누는 데 방해가 되는 일이 없었습니다. 그들은 조금도 불편을 느끼거나 부자유를 느끼지 않고, 나에게 이야기를 들려 주었습니다."

어렸을 때, 어머니와 설리번 선생을 가두고, 동생에 대해 적대감을 품고, 이것저것 집어던지던 모질고 난폭한 성격의 헬렌켈러가 더할 수 없이 감성적이고 정서적인 사람으로 변해간 것은 손가락 끝에서 얻어진 독서의 힘이었다.

헬렌 켈러의 독서는 감성의 독서, 영감의 독서다. 원수와 같은 장애를 극복하고 자신의 삶을 의미 있는 것으로 변환시키기 위한 비상구가 독서였다. 헬렌켈러는 독서를 통해서 육신의 부자유를 떨쳐버리고 평안의 세계를 거닐 수 있었으며, 독서를 통해서 놀라운 감성을 계발하여 정상인 못지 않은 풍성한 삶을 누릴 수가 있었으며, 독서를 통해서 하나님이 주신 생명을 충분히 누릴 수 있었던 것이다.

"금방이라도 대지의 모든 사슬을 끊어 버리고 하늘로 오를 것만 같았습니다."

그래서 마크 트웨인은 독서를 통해 3중고의 사슬을 끊어버린 헬렌켈러를 나폴레옹과 함께 역사의 2대 거인이라고 극찬하였다.

> 사람의 어떤 모습이 이 세상에서 가장 아름답게 보일까? 땅 속에 서 있는 농부의 모습, 눈물에 젖어 있는 여인의 모습, 장미밭 속에 있는 소녀의 모습, 그러나 그 모든 모습보다도 더 아름다운 모습은 여자가 책을 들고 서 있을 때의 모습이다. ― 황금찬

07. 모택동
독서로 이룬 혁명의 씨앗과 결실

모택동
(毛澤東, 마오쩌둥 ; 1893-1976) :
중국 국가 주석

독서로 휴식을 대신하는 모택동

모택동(마오쩌둥)은 중화민국, 즉 중국을 건국한 사람이다. 그래서 중국 건국의 아버지로 추앙된다.

미국의 학자 트리얼은 「모택동 전」이라는 책에서, 세계적인 지도자 가운데 독서를 가장 즐기는 사람으로, 드골과 모택동 두 사람을 꼽았다.

모택동은 책을 많이 본다. 독서를 많이 하니까 해박하다. 그가 연설할 때 많은 자료를 인용할 수 있었던 것은 독서를 많이 했기 때문이다.

산책을 나가도 손에 책이 있다. 차 안에도 책이 있고, 침대에도 책이 있고, 심지어 화장실에도 책이 있다. 또한 모택동은 독서로 휴식을 대신한다. 독서하면서 머리를 쓰는 것은 일할 때 머리 쓰는 것과는 달리 휴식에 가깝다고 말한다.

모택동이 특히 많이 읽은 책은 반란류의 책과 마르크스 혁명 사상에 관한 것이다. 그래서 그는 혁명가가 되었다.

거름통과 책

모택동의 아버지는 약간의 논밭을 가지고 있었다. 가족들은 이 땅을 경작하며 언덕 밑의 작은 집에서 검소한 생활을 하고 있었다. 아버지는 장남인 모택동에게 읽고 쓰는 것, 주판을 어느 정도 가르치는 것 외에 그 이상의 공부를 시키려고 하지 않앗다. 농사에 필요한 일손이 더 급했기 때문이다. 그러나 정작 모택동은 일단 읽고 쓸 줄 알게 된 후부터는 온통 독서열에 사로잡히고 말았다.

모택동은 낮에는 아버지와 함께 거름통 나르는 일을 하고 있었다. 여느 날처럼 두 사람은 점심을 먹으러 집으로 돌아왔다. 그런데 식사 후 한참만에 아들의 모습이 사라졌음을 알았다. 그렇지만 이제 아버지는 쉽게 아들을 찾을 수 있었다. 아버지는 곧장 아침에 모택동을 발견했던 곳으로 갔다. 그곳에서 모택동은 아침때와 마찬가지로 나무 아래서 빈 거름통을 팽개쳐 둔 채 책을 읽고 있었다.

"넌 책밖에 모르는구나. 애비가 하는 말은 안중에도 없고."
"아니예요, 아버지, 말씀대로 했습니다."
"그렇다면 왜, 일은 하지 않고, 그런 시시한 책만 읽고 있단 말이냐?"
"밭일을 다한 뒤에는 무슨 일을 하더라도 괜찮다고 하지 않으셨습니까? 아버지가 시킨 일을 다 해놓고 책 읽고 있는 건데요."
"뭐라고? 거짓말 마라. 어떻게 벌써 그 일을 다할 수 있냐? 넌, 제대로 일을 하지 않은 게야."
"아니예요. 아버지가 시키신 일은 모두 해놓았어요. 정말이에요. 점심 먹고 나서 열다섯 번이나 거름을 날랐어요. 거짓말 같으면 가서 세어 보세요. 그리고 제발 나무라지만 마시고, 책 좀 읽게 해 주세요."

아버지는 어이가 없어서 아들을 쳐다보았다. 반 나절 동안에 열다섯 번이나 거름을 나르는 것은 보통 일이 아니었다. 세어 보니 통은 정확히 열다섯 개였다. 아버지는 참 이상한 녀석이라고 고개를 갸우뚱했다.

그날부터 모택동은 자기에게 맡겨진 일을 마치고 나면, 아버지의 눈치를 살피지 않고 언제나처럼 은신처로 가서 마음에 드는 책, 즉 싸움 이야기, 도적의 이야기를 실컷 읽을 수 있었다.

주로 읽은 반란류의 책

모택동이 어린 시절 읽은 책은 반란류의 소설이 대부분이었다. "나의 어머니는 글을 전혀 몰랐습니다. 두 분 부모님은 모두 농부 집안의 출신이었지요. 그러니 내가 우리 집안에서는 학자인 셈이었습니다. 나는 고전을 좋아하지 않습니다. 내가 즐기는 것은 고대 중국의 전기 소설과 특히 반란에 관한 이야기들입니다. 「수호전」, 「홍루몽」, 「삼국지」, 「서유기」 등을 부지런히 읽었습니다. 이런 책은 법에 어긋나는 좋지 않은 책이라고 말하는 늙은 선생님의 눈을 피해 열심히 읽었습니다. 선생님이 옆을 지나갈 때에는 고전책으로 얼른 덮어버리곤 했습니다. 나의 가장 친한 친구도 그런 짓을 했지요. 우리는 책의 줄거리를 거의 기억해 가며 읽었으며, 읽은 책에 대하여 자주 토론도 하였습니다. 우리는 이제 우리들에게 그런 이야기를 들려주었던 동네 어른들보다도 더 많이 알게 되었습니다. 아마 나는 감수성이 예민한 나이에 그런 책들을 읽었기 때문에, 그런 책들로부터 많은 영향을 받았던 것 같습니다."

「수호전」, 「홍루몽」, 「삼국지」, 「서유기」는 1세기 전 청나라 조정에 의해 민중들이 읽기에 해로운 금지 서적으로 지정되었다. 이 책들은 압제자에 맞선 봉기에 관한 역사적 기록이기 때문이었다. 그러나 행상들이 이 책들을 집집마다 가져다주었고, 아이들은 모두 그 이야기와 영웅들을 기억하고 있었다. 금지령에도 불구하고 닳아 없어질 때까지 읽혔다. 이런 책이 모택동의 인물됨을 만들어 갔던 것이다.

「성세위언」에서 받은 새로운 자극

최초로 모택동에게 강력한 영향을 미친 책은 「성세위언(盛世危言)」이었다. 이 책은 정관응(칭콴잉)이라는 사람이 당시의 시국을 비판한 책이다. 정관응은 혁명파로 유명한 손문(쑨원)과 고향 선후배 사이였다. 그때까지 외국의 사정을 알 기회가 없었던 소년 모택동에게 이 책은 신선한 매력을 느끼게 하기에 충분했다. 이 책을 읽고 자극을 받은 모택동은 새로운 지식과 새로운 사상을 추구하게 되었다.

"이 무렵 나는 「성세위언」이라는 책을 무척 좋아했습니다. 몇몇의 혁신적인 학자들은 글을 통하여 중국의 무기력함은 서방 세계의 기계들, 이를테면 철도, 전화, 전신, 기선과 같은 것들의 부족에 있다고 주장하며, 따라서 그러한 기계들을 중국에 도입하자는 내용이었습니다. 그런데 아버지는 그런 책을 읽는 것은 시간 낭비라고 했습니다. 아버지는 소송에서 이기는 데 필요한 고전과 같은 실질적인 것을 읽어야 한다고 말했습니다."

모택동의 아버지는 중국 고전 외에는 독서의 가치를 인정하지 않았다. 어느 법정 소송 사건에서 소송 상대자가 유교의 고전을 인용하여 이기는 것을 본 다음부터는, 그의 아버지는 더욱 더 모택동이 고전에 능통한 사람이 되기를 원했다. 그러나 모택동의 생각은 달랐다. 그는 고전 이외에 읽을 수 있는 모든 책을 일사천리로 읽어 나갔고, 모택동의 이런 독서를 아버지는 못마땅하게 생각했기 때문에, 모택동은 아버지가 불빛을 보지 못하도록 창문을 막아놓고 밤 늦게까지 책을 읽는 일이 많았다.

강유위와 양계초의 사상에 공감

16세에 모택동은 아버지의 뜻을 거역하고 집을 뛰쳐나와 마을 가까이에 있는 상향현 현립 동산 소학교에 입학하였다. 학교에 다닐 때 그가 얼마나 독서를 많이 했는지를 스스로 이야기한 적이 있다.

"나는 다른 학생들이 귀가한 후에도 홀로 교실에 남아서 독서했습니다. 어두워서 보이지 않으면 양초를 바꿔서 읽었습니다. 매일 양초 하나씩 바꿔 가며 독서했습니다. 그렇게 해서 내가 다른 애들보다 두 배 이상은 빨리 읽을 수 있었던 것 같습니다."

동산 소학교 시절 읽은 두 사람의 책이 모택동을 크게 자극하였다. 강유위(캉유웨이)와 양계초(량치차오)의 책이 그것이다. 당시에 강유위와 양계초의 변법 자강 사상은 현실에 불만을 품은 중국 젊은이들의 마음을 사로잡고 있었다. 변법 자강 사상은 유럽의 무기·기술만을 도입할 것이 아니라, 전통적인 정치 체제·교육 제도를 개혁하여 부국강병을 실현해야 중국이 살아남을 수 있다고 주장하는 사상이다.

양계초의 학문은 우리 나라 선각자들에게도 큰 영향을 미쳤다. 초창기 한국을 변화시키는 데 공헌한 안창호, 장지연 선생 등은 양계초의 '방관자를 꾸짖노라'라는 글에서, '이 세상에서 방관자처럼 보기 싫고 얄밉고 비열한 사람은 없다. 방관자는 마치 강의 동쪽에 서서 서쪽 언덕의 불을 구경하면서 타오르는 불꽃을 보며 즐기는 사람과 같다. 이런 인간은 핏기운이 없는 자들이다.'라는 부분을 읽고 세상을 개혁하는 눈을 뜨게 되었다고 한다.

강유위와 양계초 외에도, 모택동은 많은 영웅들에게 열광적으로 몰두하였다. 그러나 모택동이 책에 몰두할수록 주변 사람들은 그로부터 멀어져갔다. 다른 학생들이 모택동을 기피한 것은, 모택동이 그들과 같은 부류의 사람이 아니었기 때문이었다. 이런 따돌림 때문에 '나는 정신적으로 매우 우울했습니다.'라고 모택동은 고백하였다. 또 그는 아버지로부터도 인정받지 못하였다. 그의 아버지는 희망 없는 자식을 바라보며 항상 낙심하였다.

'왜 아들은 하루 종일 쓸 데 없는 책만 읽는가? 상업학교에 들어가거나 변호사 또는 관리가 되었으면 좋았을 것을. 오로지 독서하는 데 시간을 낭비하다니……'

모택동의 아버지나 주변 사람들은 모택동이 책을 통해 꿈꾸는 것을 이해하지 못하고 있었던 것이다.

도서관에 파묻힌 6개월의 독서 기간

19세에 모택동은 성립 제일 중학교에 입학하였으나, 이듬해 학교를 그만두고 아예 도서관에 파묻혀 책만 읽었다.

"성립 제일 중학교에 입학하였는데, 나는 이 학교를 좋아하지 않았습니다. 교과 과정에 지나치게 제한이 많고, 규정 또한 못마땅했기 때문입니다. 이 학교에는 여러 가지로 나를 도와 준 선생님이 한 분 있었습니다. 그 분이 빌려준 「어비통감집람」을 읽은 뒤에 나는 혼자서 책을 읽으며 공부하는 것이 낫겠다는 결론을 내렸습니다. 입학한지 6개월만에 나는 이 학교를 그만 두었습니다.

대신에 매일 호남의 성립 도서관에서 독서하였습니다. 나는 규칙적으로, 집중해서, 매우 열심히 책을 읽었습니다. 아침 일찍 도서관에 가서, 도서관 문이 열리기를 기다렸습니다. 점심은 떡 두 개로 해결했습니다. 그리곤 도서관 문이 닫힐 때까지 책을 읽었습니다. 이렇게 보낸 6개월이 나에게는 참으로 귀중한 시간이었습니다.

　이 기간에 세계 지리와 세계 역사를 배웠습니다. 처음으로 세계 지도를 보며 연구하였습니다. 나는 또한 아담 스미스의 「국부론」과 찰스 다윈의 「종의 기원」을 읽었으며, 존 스튜어트 밀의 「윤리학」 책도 읽었습니다. 또한 루소의 저술과 스펜서의 논리학, 몽테스키외의 법률 서적 등도 읽었습니다. 고대 그리스의 시와 소설, 신화 뿐만 아니라 러시아, 영국, 프랑스, 기타 여러 나라의 역사와 지리에 대해서 열심히 읽었습니다."

　모택동은 각종 신문, 경제학 책, 역사책들도 빼놓지 않고 읽었다. 워싱턴, 나폴레옹, 피터 대제, 예카테리나 2세, 웰링턴, 글래드스턴, 링컨 등도 두루 읽었다. 훗날 모택동이 '프랑스혁명'에 대한 이야기를 했을 때, 그의 지식의 탁월함에 프랑스 정치인들이 감동했을 정도로 철저하게 읽었다.

　성립 도서관은 모택동에게 지식의 무한함을 깨우쳐 주었고,

지식의 탐구에도 끝이 없음을 가르쳐 주었다. 독서를 통해 세상의 모든 것들이 모택동의 머리 속으로 빨려 들어왔다. 지식 흡수에 대한 갈망이 스폰지가 물을 빨아들이듯 한 시절이었다.

도서관에 파묻혀 독서하는 6개월 동안 그는 몹시 궁핍해졌다. 그가 머물렀던 싸구려 숙소는 부랑아, 병사, 가난한 학생들 사이의 싸움으로 시끌벅적했다. 어느 날 저녁, 병사들이 학생들을 공격하자 모택동은 화장실로 달아나서 싸움이 끝날 때까지 피해 있었다고 한다.

그 일이 있은 후, 모택동은 신문 광고를 훑어보다가 납입금이 매우 저렴한 호남 제일 사범 학교에 눈이 끌려 이 학교에 입학하기로 하였다. 사범 학교를 마치고 가르치는 일을 한다는 것은 곧 '책에의 접근'이라는 점에서 모택동의 흥미를 끌었다. 가르치는 일은 다른 사람의 정신을 열어주는 매우 고귀한 일이라고 생각한 모택동은, 자신이 오직 교사로서만 알려지기를 바란다고 말하였다.

스승 양창제를 만나서 마르크스주의자로

1913년, 20세에 모택동은 장사의 호남 성립 제일 사범학교에 입학하였다. 제일 사범 학교는 모택동에게 매우 큰 의미가 있는 학교였다. 이 곳에서 스승 양창제를 만난 것이 모택동으로서는 행운이었다.

이 무렵 모택동의 주된 관심은 책을 읽어서 나라를 구할 방법을 궁리하는 일이었다.

　모택동은 자주,

"어떻게든 중국이 부강하게 되는 방법을 찾아내서, 중국이 인도나 조선처럼 되는 것을 피해야 한다."

라고 입버릇처럼 말했다. 주변 사람들에 의하면, 모택동처럼 다방면에 걸쳐서 그토록 많은 지식에 목말라 하는 사람을 본 적이 없었다고 한다.

　그렇지만 정작 모택동 자신은

'나는 향상되고 있지 않다. 실질적으로 배우고 싶은 것을 배우고 있지 않다.'

라고 생각하던 참이었는데, 때마침 양창제를 만나자마자 그에게 완전히 매료되었다.

　양창제는 영국에서 유학하고 돌아와 중국의 봉건 사상 비판에 힘쓴 인물이다. 모택동은 양창제로부터 유물론적 철학과 윤리학 등의 강의를 들으면서, 혁명가 모택동의 골격을 이루어갔다. 8년 후에는 양창제의 딸 양개혜와 첫 번째 결혼을 하였다.

　모택동은 재학 중에 혁명 지식인들의 거점이 된 '신민학회'를 조직하였다. 그는 군사 문제와 같은 실질적인 문제가 중국에 있어서도 중요하다고 결론을 내렸다. 또 비밀 학생 단체들과 접촉하면서 무정부주의에 대한 책을 많이 읽어, 그의 사상은 마르크스주의로 급격히 기울어져 가고 있었다.

　5·4운동 발발 후 학생 연합회를 설립하고 회지를 펴냈으

나 곧 폐쇄 당하여 북경으로 도망쳐 러시아 혁명에 관한 책을 읽었다. 마르크스주의의 신념을 굳히고, 서적을 보급하기 위해서 '문화서사'를 설립하고 마르크스주의 문헌을 수집하였다.

이런 과정을 거쳐서, 모택동은 마르크스주의자, 즉 공산주의자가 되었다.

어린 시절 반란류의 책을 읽는 것으로부터 시작된 그의 독서 편력은 마르크스주의에서 그 종착역을 맞이하였다. 이제 모택동에게 남은 일은 그가 책에서 읽은 것들을 실천에 옮기는 일뿐이었다. 그 결과, 모택동에 의해 공산 국가 중국이 건설된 것이다.

독서와 문학으로 만들어진 모택동의 인생

모택동은 평생 손에서 책을 놓지 않았다. 장개석의 국민당에게 쫓겨가는 대장정 중에 말라리아에 걸려 들것에 실려가면서도 책을 붙들고 있었다. 시련과 고난에 짓밟힐수록 책에 대한 집착도 그에 비례하여 거의 광적으로 커져갔다.

모택동 못지 않게 어려운 상황, 특별한 상황 속에서도 손에서 책을 놓지 않은 사람들의 흥미로운 이야기가 많이 전해진다.

빅토리아 왕조의 탐험가 아문젠은 남극이든 아프리카든 책 보따리 없이는 한 발자국도 옮기지 않다가, 남극 탐험 때 그만 책 보따리를 얼음장 밑에 빠뜨리고는, 존 고든의 「고독과 고통에 빠진 폐하의 초상화」한 권으로 외로움을 이겨냈다.

「돈키호테」의 저자 세르반테스는 길거리에 나뒹구는 종이 조각까지 읽을 만큼 독서를 좋아한 사람이었다. 그래서 스페인 사람들이 세르반테스를 나름대로 존경하는 것 같다. 세계에서 제일 독서를 많이 하는 국민은 첫째가 독일이고, 다음이 일본이다. 반대로 세계에서 제일 독서하지 않는 국민은 스페인 사람들이라고 한다. 이런 스페인 사람들이지만, 1년에 딱 하루, 4월 23일엔 장미꽃과 함께 책을 선물하고 책을 읽는 독특한 풍습이 있는데, 이 날이 세르반테스의 생일이다. 그들은 이 날을 '책의 날'로 정하여, 책을 좋아한 세르반테스를 기념한다.

10세기 페르시아의 총리 이스마엘이라는 사람은 먼 곳으로 여행할 때면, 12만 권에 이르는 자신의 모든 책을 낙타 400여 마리에 나눠 싣고 이동하면서, 원하는 책을 언제든지 읽을 수 있도록, 낙타가 책 제목 순으로 이뤄진 대열에서 흩트러지지 않게 특수 훈련을 시켰다.

아문젠, 세르반테스, 페르시아 총리, 모택동이 생존한 시간과 공간은 다 달랐지만, 이들은 한결같이 독서 열심에서는 그 누구에게도 뒤지지 않는 독서가들이었다.

모택동은 책 읽는 일에만 열심이었던 것이 아니고, 글쓰는 일에도 대단한 솜씨를 가지고 있었다. 그는 수많은 시 작품을 남겼는데, 이 점에서 보면 모택동은 처칠과 비슷한 데가 있다.

처칠은 영국의 정치가로서, 2차 세계 대전을 승리로 이끄는 데 중요한 역할을 한 불세출의 지도자이다. 정치가 처칠은 누구 못지 않은 애서가였다. 그는 책을 대하는 마음가짐에 대해서 이런 말을 했다.

"설령 당신이 갖고 있는 서적의 전부를 읽지 못한다 하더라도 어쨌든 손에 들고는 있게나. 설령 책에 무엇이 쓰여 있는지 이해하지 못할망정 적어도 그 책이 어디에 꽂혀 있는지는 알아 두도록 하게나. 그 책을 쓰다듬고 들여다보고 그래서 당신의 친구로 삼도록 노력하게나."

책을 읽지 못하거든 쓰다듬기라도 하라고 한다. 말 그대로 '애서가'이다. 처칠은 인도에서 근무한 3년 동안 많은 책을 읽으면서, 정열적인 추진력을 비롯한 그의 탁월한 내적 자질들을 형성한 사람이다.

특이한 것은 이 처칠이 「2차 대전 회고록」을 써서 '노벨 문학상'을 탔다는 점이다. 그는 책도 많이 읽었지만 글도 잘 썼다. 이 점에서 처칠과 모택동이 비슷하다는 것이다. 두 사람 다 정치가로서는 드물게 문학적인 감각과 솜씨가 탁월하였다. 모택동이 장개석에게 쫓겨갈 때, 담배가 없어서 나뭇잎을 말아 태우면서 지은 5편의 시도 유명하며, 또 그가 쓴 「모순론」과 「실천론」도 유명한 글인데, 이것은 '서울대 교양 고전 사상서 100편' 목록에 올라 있는 책이기도 하다.

책 대독 선생, 노적

노년의 모택동에게 큰 어려움이 닥쳐왔다. 독서 열기는 조금도 식지 않았는데, 눈이 나빠서 더 이상 책을 읽을 수 없었기 때문이다. 아무 데나, 그곳이 침대든 화장실이든 책을 쌓아 놓고 펼쳐 들곤 했는데, 이젠 그럴 수가 없었다. 잠 못 이루고 밥 못 먹는 것은 견디겠는데, 책을 읽을 수 없다는 것은 너무나 큰 괴로움이었다.

그래서 책을 읽어줄 사람을 구하기로 하였다. 모택동은 죽기 1년 전, 83세이던 어느 날, 글을 잘 아는 선생을 한 사람 추천해 주기를 요청하여 주변 사람들을 깜짝 놀라게 했다. 백내장으로 시력이 현저히 감퇴하여 벌써 1년 가까이 책을 제대로 볼 수 없는 상태에서 업무 처리는 비서가 대신하고 있던 참이었다.

모택동에게 책을 대신 읽어줄 사람은 표준어를 구사해야 하고, 말주변이 좋은 사람이어야 했다. 모택동과 대화를 나눌 만큼 문학 실력도 갖춘 사람이어야 했다. 그렇게 해서 뽑힌 사람이 바로 '노적'이다.

44세의 북경대 여교수, 노적은 두 손으로 책을 받쳐들고 모택동의 침상 옆에 서서 읽었다. 그녀는 밤 11시에서 새벽 2시 사이에 불시에 불려가곤 했다.

모택동의 독서 분야와 범위가 워낙 넓었기 때문에, 노적은 긴장하지 않을 수 없었다. 노적은 자신의 전공 범위를 벗어난

「이십사사(二十四史)」를 대독하기도 했고, 「노신 전집」을 읽어 주기도 했다.

　모택동은 「노신 전집」에 큰 흥미를 느끼고 있었다. 그는 불쑥 이런 질문을 던진다.

　"노신이 이런 말을 한 적이 있오. '썩은 사과는 그 썩은 부분만 잘라 버리고 먹으면 된다.' 이 문장이 책의 어디에 있는지 찾아봐 주시오."

　그러면 노적은 땀 흘리며 그 출처를 찾아내고 다시 읽는다.

　한참을 듣던 모택동은

　"자네들도 알아들었는가?"

하며 함께 듣고 있던 의사와 비서에게 묻곤 했다.

　책 읽어주는 일로는 알베르토 망구엘의 이야기가 유명하다. 그가 부에노스아이레스의 한 책방에서 일하며 독서하고 있을 때, 그곳 국립도서관 관장을 지낸 아르헨티나의 대문호 보르헤스가 어머니의 손에 이끌려 찾아왔다. 시력 상실로 책을 읽을 수 없게 된 보르헤스는, 망구엘에게 '책 읽어주는 사람' 역할을 요청하였다. 2년 동안 책 읽어 주는 일을 하면서 망구엘은 놀라운 문학적 영감을 얻었다고 한다.

책을 읽어달라고 하는 사람이나 책 읽어주는 일을 직업으로 하는 사람이나, 이들에게는 '독서는 즐거움 그 자체이며, 깊이 있는 삶을 위한 최소한의 조건'이었던 것이다. 시력을 잃은 보르헤스가 한 말이 있다.

"나는 늘 낙원은 일종의 서재일 것이라고 생각해 왔습니다."

중국은 모택동 독서의 결과물

책이 혁명가 모택동을 만들었다. 어린 시절 거름통을 내팽개쳐 두고 읽은 책, 학교에 남아 양초를 바꿔가며 읽은 책, 친구로부터 멀어지고 아버지로부터도 인정받지 못하면서 읽은 책, 들것에 실려 쫓겨가면서도 읽은 그 책들이 모택동의 삶을 결정한 것이다.

싱가포르가 이광요의 독서 상상력의 산물이듯이, 중국 건설은 모택동의 독서 결과물이다. 그의 수많은 업적과 실패, 그에 대한 긍정적, 부정적 평가도 그의 독서의 결과물이며, 이제 와서는 낡은 유물로 간주되는 모택동의 그 탁월한 사상도 그의 독서의 산물인 것이다.

모택동의 비서들은 항상 바빴다. 비서들은 모택동의 메모를 접하고는 자주 서점에 다녀와야 했다. 비서 나광록은 모택동이 쓴 쪽지 한 장을 소중히 보관하고 있다고 한다.

"오늘 광쩌우의 서점에 가서 잡지 한 권을 사오시오. '철학연구'라는 잡지의 1959년 11-12월 합본호요. 오후에 나한테 갖다주시오. 15일 오전 5시, 모택동."

> 늦은 겨울밤 불을 켜놓고 책상머리에 앉아 책을 읽고 있는 사람은 인생의 깊고 가치 있는 것을 경험하는 사람이다. 땡볕이 내리 쬐는 여름 정원의 시원한 나무 그늘 아래 편안히 앉아 독서에 몰두하는 여인의 모습은 보기만 해도 밝고 아름답다. 책방에 서서 이것저것 책을 뒤지기에 바쁜 젊은이의 모습은 든든해 보인다. ― 박이문 수상집

08. 김대중

고난의 독서에서 배운 도전과 응전

김대중
(金大中 ; 1924-2009) :
정치가. 한국의 제15대 대통령

많이, 꼼꼼히 읽는 스타일

김대중 대통령은 책을 좋아하는 것으로 유명하다. 책에 대한 욕심이 강하고, 책 읽고 토론하기를 좋아하고, 책 선물을 좋아한다.

문학, 역사, 철학, 종교, 정치, 경제 등 다양한 종류의 책을 '많이 읽고 꼼꼼히 읽는' 스타일이다. 차안에서든 이발소에서든 장소를 가리지 않고 책을 읽는다. 읽고 난 다음에는 꼭 메모나 발췌록을 남긴다.

콤플렉스 극복을 위한 실력 배양 독서

김대중 대통령이 독서를 가까이 한 배경에는 좀 특이한 점이 있다. 김 대통령의 '학력 콤플렉스'가 독서 열심으로 나타났다고 말한다. 대학을 정상적으로 마치지 못한 열등감을 '독서를 통한 실력 배양'이라는 목표로 극복해 나가려 했다는 것이다.

"콤플렉스를 느끼지 않고 사는 것이 최선의 삶은 아니라고 생각합니다. 사회 활동을 하면서 콤플렉스를 전혀 느끼지 않는다는 것은 그만큼 향상하려는 의지가 없다고도 볼 수 있습니다. 자기의 부족한 현재 상황을 직시하고 거기서부터 탈출하려는 의욕으로 연결되는 그런 종류의 콤플렉스는 필요하다고 볼 수 있습니다.

삼상지학(三上之學)이라는 말이 있습니다. 삼상은 마상(馬上), 침상(枕上), 그리고 측상(厠上)입니다. 즉 말 위와 베개 위와 화장실에서까지 공부해야 한다는 것입니다. 나는 젊었을 때부터 어느 곳을 가든지 책을 들고 다녔고, 어디서든 조금이라도 시간이 나면 책을 펴 들었습니다. 지금은 습관이 되어서 애쓰지 않아도 그렇게 됩니다. 배우는 데에는 여행길이나 잠자리나 화장실의 구별이 있을 수 없습니다. 대학을 못 갔더라도 열심히 공부하면 대학 졸업한 사람보다 실력을 더 갖출 수 있다는 생각이 채찍이 되어 나를 앞으로 내몰았습니다. 그렇게 해서 나는 얼마큼 실력도 갖추게 되었습니다."

감옥에서 책을 읽는 즐거움

김대중 대통령의 독서 생활은 뜻밖에도 감옥에서 그 전성기를 이룬 것 같다. 지적 성숙의 대부분이 감옥에서 이루어졌다고 한다.

"점차 마음의 안정과 평화를 찾기 시작했습니다. 나중에는 변화 없는 매일 매일의 감옥 속에서 즐거움까지 느끼기 시작했습니다. 어제가 오늘 같고, 오늘이 내일 같은 감옥에서 무슨 즐거움이냐고 물을 사람들을 위해 나는 감옥에서 얻은 몇 가지 즐거움에 대해 말하려고 합니다.

나의 경우, 감옥 안에서 네 가지 즐거움을 맛보았습니다. 그 첫째이자 가장 큰 것이 독서의 즐거움이었습니다. 과거 1977

년의 진주 교도소 생활 때도 그랬지만, 1981 청주 교도소에서의 2년간의 생활은 그야말로 독서의 생활이라 해도 과언이 아니었습니다. 철학, 신학, 정치 경제, 역사, 문학 등 다방면의 책을 동서양의 두 분야에 걸쳐서 읽었습니다.

나는 러셀의 「서양철학사」, 토인비의 「역사의 연구」, 플라톤의 「국가론」, 아우구스티누스의 「신국론」, 테야르 드 샤르댕 신부의 저서들, 라인홀드 니버와 하비톡스의 신학 서적들과 그리스 이래의 문학 서적들을 탐독하고 많은 영향을 받았습니다. 문학 서적 중에서는 특히 러시아 문학에서 얻은 감명이 컸고, 「논어」, 「맹자」, 「사기」 등 동양 고전과 원효와 율곡에 대한 저서, 그리고 조선 말기의 실학 관계 서적에서도 많은 것을 배웠습니다.

진주와 청주에서의 4년여의 감옥 생활은 나에게는 다시 없는 교육의 과정이었습니다. 정신적 충만과 향상의 기쁨을 얻는 지적 행복의 나날이었습니다."

김대중 대통령의 감옥 생활의 네 가지 즐거움 중 첫째는 독서였고, 두 번째 즐거움은 가족과의 면회, 세 번째 즐거움은 편지를 받는 것, 네 번째 즐거움은 화단을 돌보는 일이었다고 한다.

「역사의 연구」에서 배운 도전과 응전

감옥에서 읽은 책 중에서 김대중 대통령에게 가장 큰 영향을 미친 책은 토인비의 「역사의 연구」였다. 이 책은 역사 발전의 법칙을 '도전과 응전'으로 규정한 14권짜리 책이다. 이 '도전과 응전'을 통해 시련을 이길 수 있는 힘을 얻었다고 고백한다.

"나에게 가장 큰 영향력을 준 책이 무엇이냐고 물으면, 나는 언제나 주저하지 않고 토인비의 「역사의 연구」라고 대답합니다. 그 책을 통해서 나는 인류 역사의 대파노라마의 전모를 파악할 수 있었으며, 도전과 응전에 의해 움직이는 역사 발전의 법칙을 깨달을 수 있었습니다. 토인비에게 직접 배운 일은 없지만, 나는 그를 '정신의 스승'으로 생각하고 있습니다.

토인비의 주장은 이렇습니다. '인간은 누구든 현실에 안주하려는 속성을 지니고 있다. 어느 정도의 단계에 오르면 거기에 만족하고 그만 멈추려고 한다. 그런데 인간이 처한 운명은 자꾸만 변하기 때문에 그럴 수가 없다. 운명은 인간에게 다음 단계로 올라가라고 도전장을 던진다. 그 단계에 이르면 다른 도전이 와서 또 다른 다음 단계로 올라가게 한다. 그렇게 죽는 순간까지 인간은 도전을 받고 살아간다. 운명의 도전에 효과적으로 응전한 사람은 성공하고, 그렇지 못한 사람은 낙오자가 된다.'"

김대중 대통령은 도전에 대한 응전의 성공 예로서 「사기」를 쓴 사마천과 천재 물리학자 스티븐 호킹 박사를 꼽았다.

사마천은 친구를 변호하다가 한무제의 노여움을 사서 생식기를 제거당하는 수치스런 형벌을 당하였지만, 이런 가혹한 운명에 결연히 맞서서 영원한 역사 고전인 「사기」를 저술하였다.

스티븐 호킹 박사는 옥스퍼드 대학을 졸업하고 케임브리지 대학원에서 박사 학위 준비를 하고 있던 1963년, 몸 속의 운동 신경이 차례로 파괴되어 전신이 뒤틀리는 루게릭병(근위축증)에 걸렸다는 진단과 함께 1~2년밖에 살지 못한다는 시한부 인생을 선고받았지만, 그의 학문 인생은 이때부터 시작되어, 블랙홀에 대한 종래의 학설을 뒤집는 등 현대물리학의 혁명적 이론을 계속 제시하였다. 가슴에 꽂은 파이프를 통해서 호흡을 하고, 음성합성기를 통해서 대화할 수밖에 없는 악조건 속에서, 1990년에는 휠체어에 실린 채 우리 나라를 방문하여 서울대학교 등에서 '블랙홀과 아기 우주'라는 주제로 강연을 갖기도 하였다. 저서로「시간의 역사」가 있다.

난관에 도전하는 호킹 박사의 응전에서 김 대통령은 말할 수 없는 감동을 느꼈다고 했다.

이처럼 감옥이 김대중 대통령의 도서관 구실을 톡톡히 하였기에 김대통령은 감옥 생활을 오히려 감사하며, 지금도 가끔은 그 생활을 동경한다고 말한다.

"나는 양서를 읽을 때마다 '내가 여기 오지 않았더라면 이 진리를 알 수 없었을지 모른다'고 생각하며 감격하였습니다. 그런 의미에서만 본다면, 교도소에 수감된 것을 정말 다행스럽게 생각할 때도 있습니다. 독서를 하면서 나는, 인간에게는 완벽한 불행은 없다는 것을 절실히 느꼈습니다. 지금도 빨리 읽어보고 싶은 좋은 책을 만나면 '교도소에서는 금방 다 읽을 수 있을 텐데'라는 생각을 하곤 합니다."

죽음을 눈 앞에 둔 책 읽기

　감옥 생활을 대학 생활이라고 생각하며 그토록 책을 가까이 한 김 대통령이지만, 사형 선고를 받고 나서 죽음 앞에서만은 책을 잡아도 머리에 잘 들어오지 않았다고 한다. 그래서 죽음 앞에서도 태연히 책을 읽은 사람들의 이야기가 우리에게 더욱 큰 감동으로 다가온다. 우리 나라의 두 위인, 김구 선생과 안중근 의사는 죽음 앞에서도 태연히 책을 읽었다.
　김구 선생은 젊었을 때 칼을 들고 달려드는 일본인을 살해한 죄목으로 체포 투옥되었다. 이 때 독서한 이야기가 「백범일지」에 전한다.
　"나에 대한 심문은 끝나고 판결만을 기다리는 한가한 몸이 되었다. 내가 그 동안에 한 일은 독서하는 일과 죄수들에게 글을 가르치는 일이었다. 나는 아버지께서 넣어 주신 「대학」을 읽고 또 읽었다. 또 감옥의 어떤 관리의 도움으로 새로운 책을 읽어서 새로운 문화에 접할 수가 있었다. 그 관리는 나를 찾아와서 구미의 문명국 이야기와, 옛 사상 옛 지식만 지키고 외국을 배척만 해서는 도저히 나라를 건질 수 없다는 이야기와, 세계의 정치, 경제, 문화, 과학 등을 연구하여 좋은 것은 받아들여서 우리의 힘을 길러야 한다는 이야기를 하면서, 중국에서 발간된 책자와 국한문으로 번역된 조선책도 들여주었다.
　　나는 언제 사형의 판결과 집행을 받을지 모르는 몸인 줄을 알면서도, 아침에 옳은 길을 듣고 저녁에 죽어도 좋다는 생각으로 이 새로운 서적에서 손을 떼지 않고 열심히 탐독하였다. 이런 책들을 읽는 동안 나는 서양이란 무엇이며 오늘날 세계의 형편이 어떻다는 것을 아는 동시에, 나 자신과 우리 나라에 대한 비판도 하게 되었다. ……

교수대에 오를 시간이 이제 반나절 정도밖에 안 남았지만, 나는 음식이나 독서와 담화도 평상시와 다름없이 자연스럽게 하고 있었다. 어느덧 시간은 흘러서 교수대에 끌려나갈 시간이 바싹바싹 다가오고 있었다. 나는 내 목숨이 끊어지는 순간까지 성현과 동행하리라 마음먹고, 몸을 단정히 하고 앉아서 「대학」을 읽고 있었다."

김구 선생은 교수대에 나갈 시간이 시시각각 다가오는 상황에서도 단정히 앉아 책을 읽었다. 안중근 의사도 그랬다.

안중근 의사는 하얼빈 역에서 이토히로부미를 사살한 죄목으로 6개월간 여순 감옥에서 지냈는데, 감옥에 갇혀서도 독서를 게을리하지 않았다. 죽음을 앞둔 사람이라고는 상상할 수 없을 정도로 그는 책을 읽거나 글씨를 쓰며 평안하게 생활하였다.

하루는 일본인 간수가 물었다.

"당신은 이제 곧 사형 당할텐데 어쩌면 그렇게 태연할 수가 있소?"

"나는 내가 옳다고 생각하는 일을 이루었기 때문에 죽음 따위는 조금도 두렵지 않소. 지금 내 마음 속에는 뜻을 이룬 데 대한 기쁨으로 충만해 있소."

또 물었다.

"당신의 그 용기는 어디서 나오는 것이오?"

안중근 의사는 책에서 눈을 떼지 않은 채 대답했다.

"나는 하루라도 책을 읽지 않으면 입안에 가시가 돋치는 것 같소. 나는 그저 책을 통해서 배우고 있을 따름이오."

김대중 대통령, 김구 선생, 안중근 의사, 세 사람 모두 죽음의 위기 앞에서 한결같이 책을 읽었다. 한 사람은 죽음 앞에서 혼란스러운 마음으로 책을 읽었고, 한 사람은 죽음 앞에서 태연히 책을 읽다가 살아서 감옥을 나왔고, 한 사람은 죽음 앞에서 태연히 책을 읽다가 죽어서 감옥을 나왔다.

책은 사람을 강하게 해 주는 힘이 있다. 책은 위기 앞에 선 사람을 흔들리지 않게 붙들어 주며, 담담하고 강한 사람으로 일으켜 세워 준다. 책은 두려움을 이겨낼 용기를 가슴 속에 심어주고, 두려움을 두려움으로 느끼지 않는 담대한 마음을 불어 넣어준다.

김 대통령은 사형에서 무기징역으로 감형되면서 다시 안정을 찾게 되었는데, 이 무렵의 심정을 다음과 같이 기록하였다.

"어느 날 뜻밖에, 대전 교도소에서 복역중인 장남 홍일의 편지를 받았습니다. 너무도 벅찬 감격으로 가슴이 메이고 눈물이 앞을 가려 못 다 읽고, 밤에 잘 때 이불 속에서 흐르는 눈물을 훔쳐가며 읽었습니다. 편지에는 '아버지가 사형 선고를 받고 감형될 때까지 지난 몇 개월 동안 얼마나 가슴 졸이는 나날을 보냈는지 모릅니다. 이제 하나님의 구원으로 아버지의 목숨을 건질 수 있었다고 생각하니, 기쁨과 감사의 마음이 넘칩니다. 지금은 아무 걱정이 없습니다. 아무도 부럽지 않습니다.'라고 적혀 있었습니다."

김대중 대통령은 6년여의 감옥 생활 외에도 가택 연금을 당한 기간이 길다. 이런 기간을 책이 있었기에 외롭지 않고 힘들지 않게 넘길 수 있었다.

범가족적인 독서

김대중 대통령의 독서 생활에는 이희호 여사의 도움이 컸다. 6년간의 감옥 생활 동안 어김없이 책을 넣어준 사람이 이희호 여사다. 남편이 요청한 책과 요청하지 않았더라도 도움이 될 만한 책을 골라서 제공하였다. 독서가 편중되는 경향을 막기 위해 다양한 종류의 책을 선택하였으며, 신간의 경우는 먼저 읽어 본 다음 보내주었다고 한다.

김 대통령이 실천한 또 하나의 의미 있는 독서 체험은 자녀를 위해 독서 일기를 쓴 점이다. 당시 고교 1학년인 3남 홍걸 씨와 두 달 가까이 일기장 대화를 했다. 아들의 일기장 밑에 김 대통령이 독후감을 써 넣어 주는 형식이었다.

이 독서 일기에서 김 대통령이 아들에게 권한 독서 요령이 있다.

"첫째, 신문을 정치면부터 문화, 스포츠 면까지 고루 읽고,

둘째 월간 종합 잡지 한 권을 구독하여 정독하고, 셋째 외국에 대한 기사를 섭렵하여 세계적인 안목을 갖기에 힘쓰고, 넷째 명작과 고전을 많이 읽어서 인류의 위대한 정신적 문화 유산을 흡수하고, 다섯째 이런 바탕 위에서 장차 자기의 전문 분야에 대해 더욱 깊이 있게 이해해야 한다."

김대중 대통령이 아들에게 권장한 독서는 한 마디로 폭 넓은 독서다. 자신의 전문 분야만 읽을 것이 아니라, 인격의 발전을 위해 다방면의 독서가 필요함을 강조하고 있다. 사람은 부분을 전체로 오해하고, 표면적인 것을 근원적인 것으로 착각하는 등 판단의 실수를 많이 할 수 있는 편협한 존재이므로, 독서를 통해서 이런 폐단을 바로잡아야 한다고 생각하였다.

아내의 도움을 받아 독서하고, 자녀와 독서 일기를 나누고, 이래서 김 대통령의 독서는 범가족적인 독서라 할 수 있을 것 같다. 이런 점에서 보면 김대중 대통령의 독서는 클린턴 대통령의 독서와 유사한 점이 많다.

두 대통령의 비슷한 독서 방식

클린턴도 다방면에 걸친 맹렬한 독서가임은 널리 알려져 있는 사실이다. 영국 유학 시절에 그는 매년 200권 이상의 책을 읽었으며, 주지사 시절에도 걸어가면서 독서하는 모습이 자주 눈에 띄었다고 한다.

김 대통령과 클린턴은 둘 다 말을 잘한다. 클린턴은 말로 국민을 설득하고 국민의 마음을 움직이는 몇 안 되는 정치인 중의 한 명이다. 그는 '커뮤니케이션의 귀재'로 평가받는다. 클린턴의 토론이나 연설을 듣고 있으면 그 해박한 지식, 쉽게 풀어가는 대화술, 적재적소의 유머와 제스처 등이 하나의 예술을 이룬다고 한다. 그 능력이 그의 쉬지 않는 독서 열심에서 나왔다는 것이다.

클린턴이 1966년 아칸소주의 주지사 지명전에 나서는 홀트 판사를 도와 선거유세를 한 적이 있었다. 그 당시 대학생이던 클린턴은 홀트 가족의 운전 기사 역할을 수행하였는데, 좌석 뒷자리에 케네디에 대한 책과 소설책 한 권을 가지고 다녔다. 그는 당시의 여자 친구에게 보낸 편지에서,

'선거 유세는 내가 읽은 많은 책들에서 나온 것 같은 사람들을 현실에서 만나는 것'

이라고 써 보냈다. 삶이란 책에 있는 것을 현실에서 확인하는 것이라고 생각할 만큼, 책은 클린턴의 삶을 지배했다.

또 김 대통령과 클린턴은 자녀의 독서에 관심을 가진 점도 비슷하다. 김 대통령이 독서 일기를 쓰며 자녀의 독서에 관심을 보였듯이, 클린턴도 딸 첼시를 데리고 종종 서점에 들러 손수 책을 골라주는 모습을 보여주었다.

그리고 이희호 여사가 김 대통령의 독서 동반자였던 것처럼, 힐러리도 연애 시절부터 클린턴과 함께 많은 책을 읽고 대화를 나눈 기록이 전해진다. 나아가 힐러리는,

"딸 첼시를 키울 때는 미처 모르고 한 일이었는데, 지나고

보니 아이를 껴안고 좋아하는 동화를 들려주며 보낸 수많은 시간이 부모와 자식간의 관계를 얼마나 돈독히 했는지 모릅니다. 뿐만 아니라, 아이의 두뇌 발달에도 많은 도움이 되었습니다."
라고 말하며 미국 가정에 독서 운동을 펼치겠다고 선언하였다.

　김대중 대통령과 클린턴은 대통령이 된 후에도 지속적으로 독서하였다. 특히 클린턴의 휴가철 독서는 유명하다. 휴가 때면 어김없이 10권 내지 12권의 책을 구입해서 가지고 들어간다. 그야말로 책 읽기 위한 휴가이다. 언론들은 촉각을 곤두세우며 이 책의 목록을 대대적으로 보도하고 그 책들은 또 베스트셀러가 되곤 한다. 김 대통령도 휴가 때마다 4권 정도의 책을 준비한다. 고어 비달이 쓴「대통령 링컨」, 빌게이츠의「생각의 속도」등이 그 예이다.

　클린턴 대통령과 김대중 대통령은 독서에 대한 관점도 비슷한 것 같다.

　클린턴은

"나는 끊임없이 책을 읽으며 배우는 것을 좋아합니다. 인간이 배우기를 멈추고 삶에 호기심을 잃어버릴 때가 곧 죽음이지요."
하고 말했는데, 김 대통령도 비슷한 말을 했다.

　"독서는 정신의 호흡입니다. 독서와 사색을 중단하면 그것으로 인생은 끝장입니다."

김 대통령의 독서 분야

　김대중 대통령이 가장 좋아하는 독서 분야는 단연 '역사'다. 초등 학교 시절부터 가장 자신 있는 과목이 역사였다고 한다. 동양과 서양의 역사, 한국사는 물론 고대, 근대, 현대사를 망라하여 읽었다. 올바른 역사 의식을 지니는 것이 중요하다고 믿었기 때문에 어떤 책을 읽든지 그 분야의 역사부터 살폈다고 한다. 역사책을 읽을 때는 냉정한 자세가 중요함을 강조했는데, 그 이유는 나폴레옹, 알렉산더, 진시황, 조조와 같은 역사적 인물들이 사실과 다르게 왜곡되어 전해지는 경우가 많기 때문이라고 한다.

　김 대통령은 경제 경영 서적도 많이 읽는다. 특히 많이 읽은 책은 피터 드러커의 책이다. 「단절의 시대」, 「방관자의 모험」, 「21세기 지식 경영」 등 김 대통령이 신지식인 시대를 강조하는 것은 드러커 책의 영향 때문이다.

　김대중 대통령은 소설도 즐겨 읽었다. 펄벅의 「대지」, 마가렛 미첼의 「바람과 함께 사라지다」, 조정래의 「태백산맥」, 박경리의 「토지」 같은 대하 소설 뿐만 아니라, 아기자기한 단편 소설, 대중 소설도 즐겼다. 특히 「춘향전」을 높이 평가하는데, 춘향전에는 우리 조상들의 삶과 사랑이 녹아들어 있기 때문에 셰익스피어의 「로미오와 줄리엣」보다도 더 가치 있다고 말했다.

　사형 선고를 받고 독방에 있을 때는 「성경」을 가장 많이 읽었다고 한다. 이희호 여사가 손수 '요한 복음' 어느 곳, '시편' 어느 구절을 읽어보라고 권하기도 하였다.

대통령 당선 후에는 최명희의 「혼불」을 감명 깊게 읽었는데, 국권 상실기인 20세기 초반을 버텨낸 민족의 역량이 21세기에 찬란한 민족혼으로 이어질 것에 큰 감동을 받았다고 한다.

정치인 독서의 모범

김 대통령의 독서 생활은 정치인으로서 한 본보기를 보여준다. 대부분의 사람들은 우리 나라 정치인들이 독서하지 않는다고 생각한다.

어느 대학의 특강 시간에 초청된 김성식 교수가 '우리 나라 정치 지도자들의 대부분은 거의 책을 읽지 않는데, 이렇게 해서 어떻게 나라가 올바로 되겠는가?'라고 말하자, 모든 대학생들이 환호하며 박수를 쳤다. 정치인들이 책을 읽지 않음을 지적한 것을 통쾌하게 생각한 것이다.

이어서 김 교수가 '더 큰 문제는 요즘 대학생들이 전혀 책을 읽지 않으니 나라의 장래가 어떻게 되겠는가?'라고 하자 아무 말 없이 숙연해졌다고 한다.

정치인들이야말로 책을 많이 읽어야 할 사람들이다. 정치인들은 항상 바쁜 사람들이어서 한가하게 집중해서 책 읽는 것이 쉽지는 않을 것이다. 그러나 나라의 중대한 정책을 수립하고 판단하고 결정해야 할 중요한 입장에 있는 사람들이므로,

일을 처리할 현명한 지혜를 얻기 위해서는 반드시 독서가 필요하다. 사람들에게 영향력을 미치고 사람들을 설득할 수 있는 능력을 책에서 공급받아야 한다. 책을 읽지 않는다면 늘상 의례적이고 상식적인 말밖에 나올 것이 없을 것이다.

송나라 시인 황산곡의 말을 귀담아 들을 필요가 있다.

"선비가 사흘 동안 책을 읽지 않으면, 그 입에서 나오는 말에 아무런 의미가 없고, 거울에 비친 얼굴을 바라보기가 가증스럽다."

정치인들도 마찬가지다. 정치인들의 입에서 날마다 나오는 말이 의미가 있기 위해서, 날마다 국민 앞에 내미는 얼굴이 가증스럽지 않기 위해서, 황산곡은 독서하고 나오라고 충고한다.

김대중 대통령이 젊은 국회의원 시절 밤 늦게까지 국회 도서관의 불을 밝힌 이야기가 사람들에게 귀감으로 전해지는데, 그런 일이 더 이상 이야깃거리가 되어서는 안 될 것 같다. 정치인들이 독서하는 것은 당연한 모습이 되어야 한다. 그런 모습을 보일 때 나라의 앞날이 밝아질 것이다.

윤활유와 같은 세계 명작

김대중 대통령은 애서가다. 많은 장서를 소지하고 있다. 대통령이 되어 청와대로 들어갈 때 두 트럭 가득한 분량의 책을 싣고 들어갔다고 해서 화제가 된 적이 있었다. 김 대통령은 애서가 상을 두 번 받았는데, 여러 가지 상 중에서도 이 상을 무척 소중하게 생각한다고 한다.

　김 대통령이 젊은이에게 권하는 1순위 책은 세계 명작이다. 동서고금의 세계 명작은 꼭 읽으라고 권한다. 오랜 기간 동안 많은 사람들에게 감동을 준 명작은 인간의 정신과 감정에 윤활유와 같은 역할을 한다고 믿고 있기 때문이다.

> 좋은 책을 읽는 것은 과거의 뛰어난 사람들과 대화를 나누는 것과 같다.　　— 데카르트

09. 박성수
독서 경영으로 이룬 신실한 기업

박성수 :
기업가, 이랜드 그룹 회장

경영의 핵심축인 독서

이랜드 기업은 여러 가지 독특한 경영스타일로 유명하지만, 그 중에서도 압권은 '독서 경영'이다. 회사에서 독서는 권장사항이 아니라, 필수다. 독서는 지식을 최대 자산으로 여기는 이랜드 경영의 핵심 축인 것이다.

이랜드 그룹의 박성수 회장은 그 자신 독서광으로서, 책과 독서에 대해 나름대로 확실한 기준을 가지고 있다.

"책은 호기심이 떨어지기 전, 즉 3일 내에 끝내야 합니다. 그렇지 않으면 중간 정도에서 접힌 채 영원히 읽지 못할지 모릅니다. 책은 되도록이면 감수성이 쇠퇴하기 전, 즉 40세 전에 많이 읽어야 합니다. 책 읽을 시간이 없다고 하지만, 점심 시간만 절약해서 읽어도 1년에 25권은 읽을 수 있습니다."

독 서 경 영

책을 읽지 못하는 사람이 항상 하는 말 중에 하나는 '시간이 없다'는 점이다. 이런 바쁜 상황 속에서, 책은 손에 넣은 지 3일 이내에 읽어야 한다는 박성수 회장의 말은 너무 어려운 요구로 생각될 수 있다. 그러나 진정한 독서가들은 없는 시간을 만들어서 독서한 사람들이다. 독서에서 중요한 것은 일정 시간을 아예 독서 시간으로 정해 놓는 일이다.

일정한 시간을 규칙적으로 독서에 할애할 것을 강조한 사람 중에 웨슬리가 있다. 감리교의 창시자인 요한 웨슬리의 독서 열심은 널리 알려져 있다. 그는 책을 읽거나 쓰지 않으면 행복한 기분이 될 수 없었다고 한다. 그는 쉴 새 없이 말을 타고 이동하면서, 대부분의 독서를 말 위에서 했다. 두 개의 숟가락과 하나의 찻주전자, 그리고 다 낡아빠진 코트 한 벌만 남겨 놓고, 89세에 세상을 떠난 웨슬리가 평소 자기 조수와 전도자들에게 자주 한 말이 있다.

"매일 오전 동안은 독서만 해야 한다. 아니면 적어도 하루 중 5시간 이상은 독서를 해야 한다."

낮 12시까지는 아예 독서만 하라는 뜻이다.

'오전 중 독서하기'는 이스라엘 학교의 교육 방식이기도 하다. 그들은 등교하면 그날 읽을 책을 신청해서 대출받아 오전 중에 읽고 카드에 독후감이나 요약한 내용을 기록하여 제출하는 것이 주요 일과다.

웨슬리는 특히 그리스도인들을 향하여 독서를 강조하였다. "그리스도인이 책을 읽지 않는다면 은총의 사업은 한 세대도 못 가서 사라져 버릴 것이다. 책을 읽는 그리스도인은 진리를 아는 그리스도인이다."

웨슬리는 작은 체구였지만, 그의 가슴 속에는 '세계는 나의 일터다.'라고 외칠 만큼 큰 힘이 들어 있었다. 평생 동안 하루 평균 40km 이상을 이동하며, 매일 3회가 넘는 설교를 하는 가운데서도, 그는 독서해야 할 필요를 느꼈고, 그 독서에서 얻은 힘으로 침체와 무기력에 빠진 영국 국민들에게 놀라운 부흥과 회복의 감격을 안겨준 것이다.

독서하기 위해서는 의도적으로 일정한 시간을 내야 하며, 도저히 시간이 나지 않을 때는 자투리 시간이라도 이용해서 독서해야 한다. 독서하는 일은 시간이 있고, 없고의 문제라기보다는, 무엇에 우선 순위를 두느냐의 문제이다. 독서에 우선 순위를 두는 사람이 탁월한 사람이라는 조사 결과가 있다.

「성공하는 사람들의 7가지 습관」의 저자 스티븐 코비는, 전 세계 4500명을 대상으로 시간 사용법을 조사한 결과, 탁월한 사람은 시간과 에너지를 독서 · 외국어 학습 · 운동 등 '당장 급하지 않지만 장기적으로 유용한 일'에 쓴 반면, 평범한 사람은 회의 · 전화 등 '당장 급하지만 중요하지 않은 일'에 쓴 것으로 나타났다고 보고했다. 뭔가 좀 탁월한 사람이 되고 싶다면, 독서에 우선 순위를 둘 때 그 뜻을 이룰 가능성이 훨씬 크다는 것을 알 수 있다. 우리 옛 조상 중에는 '절식주의'라 하여 식사 끼니와 식사 시간을 줄여가면서까지 독서에 우선 순위를 둔 사람도 있었다.

'시간이 없어서 책을 읽지 못하는 사람은 시간이 있어도 책을 읽지 못한다.'는 말이 있다. 박성수 회장도 '책을 읽지 못하는 것은 시간이 없어서가 아니라, 마음이 없어서'라고 말한다. 박 회장은 독서에 우선 순위를 두고 독서했다. 자신만 그렇게 한 것이 아니라, 회사의 전직원들이 독서에 우선 순위를 두도록 권면하였다.

전문가가 되기 위하여, 자극받기 위하여

박성수 회장은 모든 직장인이 독서를 해야 하는 이유는 '전문가가 되기 위해서'라고 말한다.

"독서를 해야 하는 첫째 이유는 빠른 시간 내에 전문가가 되기 위해서입니다. 직장인의 최종 목표는 전문가입니다. 전문가들은 어려운 상황이나 여러 가지 새로운 상황에 접하게 될 때, 자기가 이미 외우고 있는 패턴을 끌어내어 해결합니다. 그래서 그들은 일반인이 망설일 때도 즉각 그 문제에 대한 해답을 줄 수 있습니다. …… 패턴 외우기 작업은 최소한 10년은 투자되어야 합니다. 이 시간을 최소화할 수 있는 방법이 하나 있는데, 그것은 바로 대리 경험을 통한 방법입니다. 우수한 사람의 인생에서 얻어진 패턴을 대리 경험할 수 있다면 그것은 매우 지혜로운 방법일 것입니다. 좋은 책은 뛰어난 사람의 인생 경험들을 요약해서 담고 있습니다. 2시간에서 5시간이면 그 우수한 인생을 대리 경험할 수 있습니다. 그리고 이 대리 경험을 통해 우리는 그의 우수한 패턴을 우리 두뇌 속에 빠르게 저장할 수 있게 됩니다."

직장인은 전문가가 되어야 한다. 지금처럼 경쟁이 치열한 현실에서는 더욱 그렇다. 자기에게 맡겨진 일을 가장 효율적으로 해내는 전문가만이 승리할 수 있기 때문이다.

박성수 회장은 또 독서를 통해 신선한 자극을 받을 수 있다고 말한다.

"독서해야 할 가장 중요한 이유는 '자극'을 얻기 위해서입니다. 좋은 책을 읽으면 우리의 두뇌가 자연스럽게 자극을 받아 반응을 일으키는 경험을 한 적이 있을 것입니다. 새로운 아이디어가 떠오르고 막혔던 부분이 열리는 경험 말입니다. 좋은 책을 읽는다는 것은 훌륭한 사람과 이야기하는 것과 같습니다. 뛰어난 사람과 이야기를 할 때, 우리는 그로부터 지식을 얻는 것 외에도 자극을 통해 두뇌에서 아이디어가 떠오르는 경험을 하게 됩니다. 직장인이 이러한 경험을 자주 한다면 그는 아이디어맨이 될 수 있고 계속 성장할 수 있습니다. 그리고 자신이 부여받은 모든 탤런트를 남김없이 계발할 수 있게 되는 것입니다."

요즘 사회에서 새로운 자극, 새로운 아이디어, 새로운 계획, 새로운 발견이 얼마나 중요한지는 아무리 강조해도 지나치지 않는다. 그러나 그런 것들이 하늘에서 떨어지거나 땅에서 솟아나는 것이 아니라, 독서를 통해서 얻어진다는 것을 박 회장은 강조한다.

이랜드의 독서 경영

박성수 회장의 이랜드 독서 경영은 그저 책 몇 권 읽어서 교양을 갖추는 그런 수준이 아니라, 고강도 독서 운동이다.

독서 경영이란, 전사원을 대상으로 필독서를 선정해 책을 읽히고 수시로 점검하여 승진 등 인사에 반영함으로써 독서가 기업 활동의 핵심이 되게 하는 방법이라고 정의하고 있다.

그래서 이랜드의 직원들은 일과 시작 전에 필독서 읽는 시간을 갖는다. 그리고 계열사 대표와 임원들이 매주 책 한 권씩을 선정해 학습하고 있다. 또 일반 직원들은 부서별로 1박 2일 코스의 독서 야유회를 떠나 학습 과제로 선정된 책을 놓고 토론을 벌인다. 이랜드는 경영과 실무 교육 등에 관련된 295권의 독서 목록을 자체적으로 만들어 사내 직원들에게 배포하였다.

모두 300권 정도의 필독서 목록은 중요도에 따라 A-D까지 4등급, 수준에 따라 초, 중, 고급의 3등급으로 분류되어 있고, 주제에 따라 '마케팅, 세계화, 전략, 혁신, 리더십, 지식 자산' 등으로 분류되어 있다.

이 책을 3년 내에 다 읽어야 한다. 독서 목록은 처음엔 박성수 회장이 직접 작성했지만, 10여 년 전부터는 '좋은 책 선정 위원회'를 구성해 체계적으로 선정하고 있다. 독서 목록 속에 경영 방향이나 전략이 담겨 있기 때문에, 이 독서 목록 자체를 귀중한 지적 자산으로 생각한다.

그렇지만 박성수 회장은 각자 자신에게 맞는 필독서 목록을 작성할 필요가 있다고 강조한다. 자신만의 '또 읽고 또 읽을' 책 목록을 만들라고 한다.

"'읽을 책'은 몇 번이고 또 다시 읽어보는 것이 좋습니다. 책을 다시 읽을 때마다 새로운 해석과 새로운 감성, 새로운 의문이 떠오르는 것은 참으로 신기한 일이죠. 그런 책을, 자신만의 독서 목록으로 가지라는 것입니다. 이런 목록은 물론 개인마다 다르고, 나이마다 연배마다 달라져야 한다고 생각합니다. 10대 또는 2-30대에 개발된 책 목록이 40대, 5-60대에도 똑같다는 것은 좀 이상하겠지요. 고전만 고집하는 것도 바람직하지 않습니다. 현대란 참으로 새로운 혁신과 다양한 실험, 모험적 일탈의 시대입니다. 새로운 마인드가 끊임없이 새로운 모습으로 떠오릅니다. 그런 새로운 마인드를 지니려면 끊임없이 자신이 읽을 책 목록을 갱신해 가는 것이 좋습니다."

독서 경영에서 지식 경영으로

박성수 회장의 독서 경영은 현대 경영에서 각광받는 '지식 경영'의 형태로 발전한다.

우선, 신입 사원을 선발할 때 독후감 전형을 한다. 박성수 회장은 이미 10년 전에, 신입 사원 서류 전형 때 회사측이 추천한 책을 읽고 느낀 점을 적어 제출토록 하는 독특한 채용 방식을 도입했다. 이와 함께 면접 때 추천도서에 대한 구술 시험도 실시한다.

　이를테면, 1차 서류 전형에서는 로버트 슐러의 「불가능은 없다」와 JF 러브의 「맥도날드」 가운데 한 권을 선택해서 A4 두 장 분량의 독후감을 써내도록 하며, 2, 3차 면접에서는 「경영자는 이렇게 하라」, 「무엇이든지 협상할 수 있다」와 같은 국내외 인사가 쓴 경영 관련 서적 내용에 대해 구술 시험을 치른다. 이런 입사 시험 방식이 많은 기업으로 확대되고 있는 추세다.

　그리고 박성수 회장은 사내 승진 심사에 '지식 이력서' 제도를 도입하였다. 일반적인 경력 이력서와는 달리, 지식 이력서는 자신의 이력서에 근무 경력이나 학력을 기재하는 대신, 관련 업무에 대한 지식 여부를 스스로 평가, 기록한 것인데, 업무 영역별로 필요 지식 리스트를 정해 자신의 지식 수준을 진단하게 된다.

지식 이력서에는 성공 노하우의 공유와 매뉴얼 작성 경험, 현장 적용 여부 같은 질문이 주어지며, 이를 통해 직원들은 전문가(Expert)와 지도자(Leader), 업무수행자(Working), 학습자(Basic) 등 4단계 등급으로 분류된다. 개인이 작성한 지식 이력서는 심사를 거쳐 최종 인증을 받게 되며, 이 과정에서 우수 지식인으로 선정된 직원들에게는 승진의 기회도 주어진다.

또한 박성수 회장은 직원들의 지식 학습을 돕는 '지식몰'을 운영한다. 이랜드의 지식몰인 '루티(Luti)시스템'은 직원들의 지식을 단순히 저장·관리해오던 기존 시스템들과는 달리 지식을 배우고, 활용하고, 생산하고, 확인하는 전 과정을 수치로 확인해 주는 프로그램이다.

박성수 회장은 사내 지식몰을 적극 활용해 전 사원을 경쟁력 있는 지식 전문가로 키워나갈 계획이라고 밝혔다. 직원들은 각 개인에게 지원되고 있는 자신의 지식몰로 들어가 업무에 필요한 노하우나 정보를 체계적으로 배울 수 있으며 언제든지 자신의 지식 점수를 확인하고 현재의 수준을 한 눈에 파악할 수 있다.

이 밖에도 사내 지식 인프라를 수치화한 '지식 자산표'를 국내 최초로 발표하였고, 전문 지식을 직접 학습할 수 있는 채팅 형식의 '1대1 사이버 컨설팅'을 실시하는 등 지식 기업으로서의 토대를 단단히 구축해 가고 있다.

박성수 회장은 지식이 곧 돈이라는 평범한 진리를 현장에서

깨우치는 것이 이랜드 지식 경영의 요체라고 설명했다.

이런 지식 경영의 효과가 실적으로 나타나기 시작하였다.

"지식 경영 인프라가 본격적으로 구축된 지난 99년부터 경영 성과가 크게 향상되고 있습니다. 이것은 지식 경영이 경영의 중심에서 올바르게 기능하고 있다는 증거입니다."

이랜드의 독서 경영, 지식 경영은 자율과 긴장감의 효과적인 조율 속에서 창의력을 최대한 발휘할 수 있는 근무 여건을 마련하였다.

지식을 얻는 독서

박성수 회장은 '지금은 지식이 곧 상품인 시대'라고 말한다.

피터 드러커의 말을 빌리면, 지식이란 생산성과 혁신을 낳는 것이다. 생산성이란 전보다 더 잘하는 것이고, 혁신은 지금까지 없던 방법으로 사람들의 필요를 채우는 것이다. 드러커는, 사회는 생산성과 혁신에 의해 유지되며, 지식이 이를 가능하게 한다고 설명하였다.

그러면 이런 지식을 어떻게 얻을 수 있는가? 박성수 회장의 신념은 확실하다. 지식은 대부분 독서를 통해서 얻어진다고 믿고 있다. 박성수 회장은 '정보'와 '지식'을 구분하여 사용한다.

"정보는 세상에 널려 있는 수많은 재료들일 뿐입니다. 정보는 그 자체로는 특별한 능력을 나타내기 어렵습니다. 이런 정보를 읽어들여서(독서해서) 내 것으로 만들었을 때, 생산성 있는 정보, 즉 지식이 되는 것입니다. 이런 지식만이 새로운 가치를 창출해 낼 수 있습니다."

실제로 박성수 회장은 지난 IMF 때 지식의 중요성을 통감했다고 말했다.

"피터 드러커를 경영학의 아버지라고 합니다. 유명한 레스터 써로우의 책조차 드러커 앞에서는 아류처럼 보일 정도로 그는 큰 인물입니다. 그의 책은 읽기 쉬운 편은 아닙니다. 그래서 저도 IMF 위기 상황을 당하고서야 그의 책을 잡게 되었습니다. 그의 책을 여러 권 읽고 난 후 얼마나 후회했는지 모릅니다.

'왜 진작 드러커의 책을 읽지 않았을까. 그랬다면 이 외환 위기 상황이 우리에겐 오히려 기회였을 텐데 …….'

우리가 외환 위기 상황에서 어려움을 겪었던 것은 다른 회사들과 마찬가지로 지식이 모자랐기 때문이었습니다. 드러커의 책엔 우리 회사에 필요한 지식들이 이미 소개되어 있었습니다. 기업이나 조직의 책임자나 미래에 대해 큰 기대를 가진 사람이라면 드러커의 책들을 읽어볼 일입니다."

박성수 회장은 독서를 통해서 인간의 가장 실질적인 문제인 경제 활동 능력을 향상시킬 수 있음을 체험적으로 보여 주었다. 그 때문인지 요즘 기업에서는 독서 경영에 대한 인식이 새로워지고 있다.

D물산 연수원에는,

"책을 한 권 읽은 사람은 두 권 읽은 사람을 이길 수 없다."
는 글이 현관에 걸려 있다.

북한의 독서 인식

독서를 강조하는 일은 북한도 예외가 아닌 것 같다. 북한은 2000년을 아예 '실력전'의 해로 규정하였다. 지금까지의 충성, 혁명성, 사상 강조에서 벗어나 간부들이 실력과 전문성을 갖출 것을 강조하였는데, 그 핵심적 실천 방안이 독서다. 민주조선의 사설은

"일꾼들은 누구나 다 혁명적 학습 기풍을 철저히 세우고, 언제나 책을 손에서 놓지 말고 한 가지 지식이라도 더 얻기 위해 분초를 쪼개가면서 애써야 한다."

고 촉구했다. '손에서 책을 놓지 말고', '한 가지 지식이라도 더' 등에서 북한이 현실 변화를 어떻게 인식하고 있는지 알 수 있다. 독서할 때 향상과 발전이 이루어지고 능력이 나타남은 명백하다.

그런 점에서 본다면, 어떤 책에서, 가난한 아버지는 독서의 중요성을 강조하고, 부자 아버지는 돈의 중요성을 강조한다는 뜻으로 한 말은 오해의 여지가 많다.

'독서와 돈'은 둘 중의 하나를 선택할 문제가 아니다. 둘은 별개의 성질의 것이다. 말하자면, '택시 타고 갈래? 버스 타고 갈래?'는 말이 되지만, '택시 타고 갈래? 냉면 먹을래?'는 이

상한 물음이 되고 마는 것처럼, '독서냐? 돈이냐?'는 둘 중의 하나를 선택할 문제가 아니다.

독서의 중요성은 언제든지 강조되어야 하고, 또한 돈을 어떻게 인식해야 할지를 교육하는 것도 필요할 것이다. '돈벌이'를 전문으로 하는 기업들이 독서를 그토록 강조하고 있는 현실을 봐도 이 점을 알 수 있다.

독서를 통한 벤치마킹

경영에서 '벤치마킹'을 강조하고 있다. 벤치마킹이란 자기 영역 밖의 것이라도 세상에서 가장 뛰어난 것에서 배우는 것을 말한다. 이 벤치마킹의 가장 확실한 방법은 독서다.

독서하면 놀라운 실적을 남길 수 있다. 세계에서 독서를 가장 많이 하는 독일인은 매월 1인당 평균 2.5권 정도의 책을 읽는다. 우리가 한 달에 책 3권만 읽고, 1년에 30권만 읽으면 세계 최고의 독서 국가가 될 수 있다. 이것이 10년만 계속되어도 우리 나라의 힘은 상상할 수 없을 정도로 성장할 것이다. 우리 기업의 세계 속에서의 경쟁력도 갈수록 떨어져 가고 있는 요즘의 상황에서, 세계 초일류를 향한 꿈을 어디에서 찾을 것인가? 그에 대한 답은 독서다. 독서는 느린 것 같지만 가장 확실한 길을 보여주기 때문이다.

박성수 회장은 이와 같은 정황을 통찰하고, 독서 경영을 통해 믿음의 기업을 이루었다. 기업계에서 박성수 회장은 신실한 기업인으로 통한다. 신앙적인 원칙 위에서 독서라는 도구를 활용하여 최대의 성과를 일구어 내고 있는 것이다.

> 칼과 낫은 쓰면 쓸수록 날이 무디어 가지만, 독서의 능력은 마치 쥐의 앞 이빨같이 쓰면 쓸수록 날카로워지는 것이다. ― 유진오

10. 오프라 윈프리

독서로 얻어진 인간 감정의 원초적 이해

오프라 윈프리 :
토크쇼 진행자. 사업가.

오프라 윈프리에 대한 평가

오프라 윈프리는 토크쇼 진행자로, '토크쇼의 여왕'으로 통한다. 현재 미국에서 가장 영향력 있는 연예인이며, 연예인 가운데 최대의 재산을 가진 억만장자이기도 하다. '가장 성공한 여자' 하면, 으레 이 흑인 여자의 이름부터 나온다. 오프라 윈프리에 대한 평가나 찬사도 수없이 많다.

1년에 1500억 이상의 수입을 올리는 여자.
미국 연예계에서 가장 강력한 브랜드 가치를 지닌 여자.
12년간 토크쇼 시청률 1위.
연예인 수입면에서 마이클 잭슨, 스티븐 스필버그를 제치고 1위.
모든 설문 조사에서 '이 여자처럼 살고 싶다' 하는 여자 1위.
마음 먹은 것은 뭐든지 해 내고야 마는 여자.
타임지 선정 20세기 영향력 있는 인물 100명 중 한 사람.
뉴스위크 올해의 TV 인물. 등등.

광우병과 관련한 토크쇼 진행 중 '햄버거를 먹지 않겠다'고 무심코 내뱉은 말 때문에 목축업자로부터 소값 폭락의 주범으로 몰려 소송을 당하기도 할 만큼(윈프리가 승소함) 미국 사회에 대한 영향력이 막강한 여자다.

성공의 대명사, 윈프리의 힘의 원천이 무엇인가? 이 물음에 대해 윈프리 자신이 직접 밝힌 바 있다.

"나를 이렇게 만든 것은 독서입니다."

더 이상 이룰 것이 없는 최고의 상태에 도달한 여자에게 '당신은 무슨 힘으로 그렇게 성공했습니까' 라고 묻자, 조금도 주저하지 않고, '독서다.' 라고 답한다.

윈프리의 기구한 생애

윈프리의 성장기 생애는 기구하기 짝이 없다.

윈프리는 미시시피에서 사생아로 태어나, 6살까지 외할머니 손에서 자랐다. 거의 매일 외할머니로부터 매질을 당하면서 자란 것 때문에 백인이 되고 싶어했다. 백인은 매질을 당하지 않기 때문이다. 어머니는 파출부로 생활 보호 대상자였다.

9살 때, 19살의 사촌 오빠에게 강간을 당했고, 이후로 어머니의 남자 친구나 친척 아저씨 등에게 끊임없이 성적 학대를 받으며 자랐다.

14살에 미숙아를 사산했으며, 20대 초반에는 마약을 복용했다.

고통스런 성장 과정이다. 스무 살까지 이런 인생을 겪은 여자의 끝이 무엇일까 하고 물었을 때, 우리는 이 여자의 망가진 인생밖에 더 상상할 것이 없을 것이다.

그러나 어떤가? 어찌된 까닭에 이 여자는 미국 최고의 갑부 대열에 들었으며, 성공한 여자의 상징이 되었으며, 20세기 영향력 있는 인물로 선정되는 영광스런 삶으로 탈바꿈되었을까?

윈프리는 자신이 처한 기가 막히고도 처참한 상황 속에서 지속적으로 독서를 함으로써 자신의 삶을 전환시킬 수 있었다.

윈프리는 3살 정도에 글을 읽었다고 한다. 처음에는 강아지에게「성경」읽어 주는 것부터 시작했다. 친구가 없으니 그나마 강아지가 친구였던 셈이다.

어머니가 양육 능력이 없는 생활 보호 대상자였으므로 윈프리는 외할머니 밑에서 자라다가, 새엄마와 살고 있는 아버지에게로 보내졌다. 다행스럽게도 새엄마는 윈프리에게 책 읽기를 시키고 독후감 요약과 발표를 엄격하게 시켰다. 훗날 윈프리는 새엄마에게 빚진 것이 많다고 감사해하였다.

어린 시절 독서 생활에서 얻은 재치

당시의 생활을 윈프리는 다음과 같이 고백하였다.

"외로웠어요. 옥수수대로 만든 인형 하나 달랑 가지고 돼지 등에 올라타거나 가축들에게 성경을 읽어주면서 대부분의 시간을 보냈죠."

"저는 무척 영리했지만 아무도 제게 영리하다고 칭찬을 해 주거나 하진 않았습니다. 대신 늘 교실 구석에서 책을 읽는다고 따돌림을 받았어요. 아이들은 그걸 가지고 절 놀렸죠. 그런 저는 아주 슬픈 마음으로 교실을 빠져 나왔습니다. 책이 저의 친구가 되어준 시절이었습니다."

"에이브람스 선생님은 제가 늘 학생 식당에서 책 읽는 모습을 눈여겨보아 두었다가, 저를 니콜릿 고등학교의 장학생으로 입학할 수 있게끔 해 주셨죠."

외롭고 고독한 가운데 그나마 책에 의해 지탱되고 있는 윈프리의 모습을 볼 수 있다. 윈프리는 삶의 비애를 독서로 달랬다. 책을 붙잡고 고독과 고통을 견뎌냈다. 밥 먹으면서까지 책을 읽었다. 지독하게 외롭고 비참한 환경 속에서도 독서하고 있었기 때문에, 그녀의 삶이, 아니 그녀 자신이 알게 모르게 변해가고 있었던 것이다.

책은 윈프리를 비록 고통 속에서일망정 재치 있는 사람으로 만들어 주었다.

학교를 졸업하고, 윈프리는 지방 방송국 리포터 겸 앵커로 첫발을 내딛게 되는데, 그녀가 방송계에 진출할 수 있었던 것은 재치 때문이었다.

처음에는 여러 프로의 공동 사회자를 하다가 30세 무렵 아침 토크쇼를 맡았고, 이듬해 AM시카고를 오프라윈프리 쇼로 개명해 그때부터 시청자들을 사로잡았다. 현재 ABC에서 방영되는 오프라 윈프리 쇼는 1500만 명의 고정 시청자를 가지고 있다.

윈프리 쇼를 보면, 그녀의 한 마디 한 마디가 번득이는 예지와 재치, 수준 있는 교양으로 가득차 있는 것을 발견하게 된다. 이것이 모두 독서의 결과이다.

읽은 책에 대한 윈프리의 고백

윈프리가 책을 통해서 재치를 지니게 된 것도 큰 자랑이지만, 그것보다 더 큰 유익은, 책 속에서 위로를 얻고, 책을 통해서 사람을 이해하는 마음을 품게 되었다는 점이다. 윈프리는 자신과 같은 불행한 환경에 놓여 있는 사람들을 책을 통해 만나면서, 사람의 감정을 이해하는 특별한 능력을 지니게 되었다.

"제가 최초로 밤을 새워가며 읽은 책은 「브루클린의 나무(A Tree in Brooklyn)」였습니다. 이 책의 주인공 프랑시 노랑은 역경 속에서 마음 둘 곳을 찾지 못해 독서에 몰입하는데, 그 노랑은 바로 저의 모습이었습니다. 저는 스토리에 빨려 들어갔고, 말 그대로 밤에 잠을 이룰 수 없었습니다. 반복해서 읽고 또 읽었습니다."

"이번 여름에「컬러퍼플(The Color Purple)」을 읽었습니다. 뉴스위크의 서평을 보고는 그날로 사서 읽기 시작했죠. 그런데 아주 달라요. 원작은 소설의 틀 안으로 들어온 일련의 편지들인데요. 정말 너무 잘 읽었어요. …… 결혼할 때 한 번 읽어보세요. 아이가 생기면 또 한 번 읽으세요. 혹시라도 이혼을 하게 되면 또 한 번 읽어보세요. 이 책은 이제껏 제가 읽어본 책들 가운데 최고라는 생각이 듭니다. …… 오! 세상에 나 혼자가 아니구나 했죠. 어린 시절에 성적 학대를 경험했던 저는 처음 책장을 넘기면서부터 책을 놓을 수가 없었습니다. 저는 제 나름의 '사랑하는 하나님께' 편지를 써보면서, 여기 나오는 모든 이들의 심정에 공명할 수 있었습니다. 그것이 이 책의 매력입니다."

윈프리는「컬러퍼플」을 읽고 주위 사람들에게 권한 것은 물론 책을 사서 나눠주기 시작하였다. 또 자신의 쇼에서 열심히 선전했는데, 마침 그 프로를 본 스티븐 스필버그 감독이 영화화를 결심하고 그녀를 캐스팅했다. 영화에 출연한 그녀는 단번에 오스카상 후보에 오르기도 하였다.

청소년기에 접어들어서는 마가렛 워커의「주빌리(Jubilee)」에 혼을 빼앗겼다고 한다. 흑인판「바람과 함께 사라지다」로 통하는 이 소설은 남북 전쟁을 배경으로 한, 불우했던 한 여자 노예의 이야기다. 윈프리는 소설의 몇몇 대목을 암송까지 하였다. 흑인 빈민가에서 태어나 타락의 끝인 마약에까지 빠져 지냈던 윈프리는 고난을 극복하는 흑인 여성들의 강인한 삶을 다룬 소설을 읽으면서 자신의 불행을 이겨낼 힘을 길렀던 것이다.

윈프리는 자신의 삶에 가장 큰 영향을 끼친 인물이 누구냐는 질문에,

"마야 안젤로 박사님이요. 제가 막 성인이 되어서「나는 새장 속의 새가 왜 노래하는지 안다(I Know Why the Caged Bird Sings)」를 처음으로 읽었을 때, 저는 그분이 저의 인생을 얘기하고 있다고 생각했습니다."

라고 말했다. 윈프리는 새장 속의 새에서 자기 모습을 보았다고 한다. 윈프리 자신이 새장에 갇힌 새였던 것이다. 삶의 덫에 걸려 찢기고 짓눌린 새장 속의 새였지만, 노래할 이유가 없는 새였지만, 그러나 노래하며 이 세상을 살아야만 하는 이유를 윈프리는 책에서 발견하였다.

윈프리는 세상을 미워하고 원망하며 자신이 처한 환경에 짓눌려 삶을 포기할 만한 이유가 충분했지만, 그런 괴로움, 답답함, 고통을 책을 읽으면서 놀랍도록 여과시켜 나갔다. 세상을 향해 증오의 화살을 쏘는 대신에, 오히려 세상과 사람의 아픔을 따뜻하게 품을 줄 아는 가슴으로 변화되어 간 것이다.

독서로 얻은 인간 감정의 이해

윈프리가 그녀의 고통스런 경험을 독서와 결합하면서 사람을 이해하는 따뜻한 심성을 지니게 된 점이 그녀의 삶을 결정

적으로 변화시켰다.

한번은, 불난 집의 뉴스를 보도하다가 부모 잃고 울고 있는 아이를 보고, 뉴스를 전달해야 할 사람이 그 슬픔을 견디지 못해서 그냥 애를 끌어안고 울어버렸다. 생방송인데도 윈프리는 전혀 감정을 숨기지 못했다. 이것이 액션이나 쇼가 아니다. 윈프리는 인간을 너무나도 잘 이해하는 마음, 상대의 아픔을 본능적으로 나의 아픔으로 느끼는 마음을 지녔기 때문에 사람들은 이런 윈프리를 통해서 위로를 받는다.

윈프리가 사람을 이해하는 마음은 그의 프로에 그대로 나타난다. 녹화가 시작되기 전에 윈프리는 방청객 한 사람 한 사람과 일일이 악수를 나눈다. 윈프리는 마음으로 이 사람들을 소중하게 생각한다.

"제 토크쇼에 출연한 분들을 저는 친구로 생각합니다."

"윈프리쇼는 다른 게 아닙니다. '사람들의 감정을 깊이 이해하는 것', 그것이야말로 우리의 쇼가 매일 하고 있는 일입니다."

"나는 이 프로가 세상을 향한 외침이 되기를 원합니다. 나는 이 프로가 사람들을 변화시키는 힘을 지니고 있고 늘 새롭고 재미있기를 바라고 있습니다."

그렇기 때문에 오프라 윈프리 쇼를 보면 사람들은 스트레스가 풀리고 내 문제가 해결되는 것 같은 카타르시스를 느끼게 되는 것이다. 출연자가 나와서 '남편에게 폭력을 당했다'고 하면 윈프리는 뭐라고 말할까? '어머 그래요, 저도 그런 적 있어요.' 강간당한 이야기를 하면, '어머 그래요, 저도 그런 적 있어요.' 마약을 이야기하면, '저도 그런 적 있어요.'

'나도 그런 적이 있다'는 말은 내가 당신의 고통을 너무나도 잘 이해하고 있다는 뜻이다. 이 말을 듣는 순간 출연자는 치료의 효과를 경험하게 된다. 윈프리는 자기가 받은 상처, 자기가 당한 그 고통스런 경험들을 가지고 다른 사람의 아픔을 싸매고 감쌀 줄 아는 사람이 되었다. 헨리 나우헨의 말로 표현하면, 그녀는 '상처받은 치유자'인 것이다.

성공적인 사람, 능력 있는 사람이 되기 위해서는 사람을 이해하고 사람과 함께 하고, 사람을 품을 줄 아는 사람이 되어야 한다. 다른 사람의 슬픔과 아픔을 함께 나눌 수 있는 감정 자체가 엄청난 능력이다. 이런 감정은 인간에게 자연적으로 생성되는 감정이 아니다. 윈프리는 이런 마음을 독서를 통해 길렀고, 그런 마음 때문에 성공한 여자가 된 것이다.

장점을 계발해 주는 독서의 힘

윈프리는 독서를 안 했으면 망가질 인생이었지만, 독서했기 때문에 가장 높은 성공의 경지까지 오를 수 있었는데, 미국 대통령 클린턴도 이 점에서 보면 윈프리와 비슷한 데가 있다.

알려진 것처럼, 클린턴은 르윈스키와의 '부적절한 관계' 때문에 심각한 위기에 처했다가, 어렵게 대통령직을 마무리할 수 있었다. 클린턴은 성장 환경이 대단히 좋지 않았다고 한다.

의붓어머니 밑에서 자랐고, 학교 통행로에 유흥가와 사창가 같은 것들이 많이 있었다. 환경적으로 보면 빗나가기 쉬운 조건을 너무나 잘 갖추고 있었다. 르윈스키 스캔들은 이런 환경의 소산이었던 것이다.

  그런데 이런 문제를 안고 있으면서도 한편으로 클린턴은 독서를 엄청나게 한 것으로 유명하다. 클린턴의 단점이 환경의 산물이라면, 클린턴의 장점은 독서가 만들었다. 클린턴의 그 유창한 말솜씨, 신선한 정책이 어디서 나왔겠는가? 독서다. 이것 말고 다른 곳에서 근거를 찾을 길이 없다.

  만약 클린턴이 독서하지 않았다면, 그냥 손가락질 받는 인생으로 끝났을지 모른다. 책이 한 사람의 약점을 완벽하게 고쳐주지는 못할지라도, 그 사람의 장점을 최대한 계발해 줌으로써, 능력을 발휘하게 한다는 것을 알 수 있다.

  윈프리도 똑같은 경우다. 세상을 욕하고 원망하고 비관하고 자폭하고 말았을 여자가 독서하므로, 세상을 가장 따뜻한 눈으로 바라보고 사람을 가장 잘 이해할 수 있는 사람으로 변해 간 것이다.

  독서의 목적 중에서 인간 감정을 이해한다는 것만큼 의미 있는 일은 없을 것이다. 정치가, 경제인, 발명, 아이디어와 지식을 위해서도 독서가 필요하지만, 이 모든 것을 떠나서 '사람을 이해하고 사람과 함께 기뻐하고 사람과 함께 아파할 줄 아는 사람'이 되기 위해서 독서가 필요함을 윈프리를 통해 알 수 있다. 이것이야말로 그토록 독서를 강조하는 최상의 가치이자 목적인 것이다.

책을 통해 발견한 자유

윈프리 쇼의 에너지가 바로 독서의 힘에서 나왔다. 매일 1시간씩 진행되는 쇼프로를 10여 년 동안 정상을 유지하며 이끌어온다는 것은 거의 기적이 아니겠는가? 끊임없이 새로운 힘을 충전시키지 않으면 정신이 고갈되어서 견뎌낼 수 없었을 것이다. 윈프리는 책을 통해서, 독서를 통해서 새로운 힘을 공급받았다.

독서에 이렇게 놀라운 능력이 있다는 것을 알고 있는 윈프리는, '미국을 또다시 책 읽는 나라로 만들겠다'고 선언한 뒤 자신의 쇼에 독서 코너를 만들고, 북 클럽을 조직했다. 그가 북 클럽에 추천한 책들은 한결같이 적게는 80여만 부에서 많게는 몇 백만 부까지 팔려나가는 베스트셀러를 기록하였다. 북 클럽에 추천한 토니 모리슨의「솔로몬의 노래」는 몇 달만에 1천만 부가 팔려나가는 등 기적에 가까운 판매고를 기록하였다.

'윈프리가 선택했다.'
이 말은 미국 출판계의 가장 확실한 광고 문구다.
윈프리가 독서 운동을 펼치면서 줄기차게 강조하는 것이 있다.
"책이 오늘의 나를 만들었습니다. 책을 읽으면서 받았던 위안과 은혜를 사람들에게 되돌려주고 싶습니다."

윈프리는 책읽기가 희망이라고 말했다.

"책은 인생에 가능성이 있다는 것을 보여주었어요. 책은 세상에 저와 똑같은 사람들이 많이 있음을 알게 해 주었고, 책은 저로 하여금 선망하는 사람들을 올려다볼 수만 있는 게 아니라, 그 자리에 오를 수도 있다는 사실을 보여주었지요. 책읽기가 희망을 주었습니다. 저에겐 그것이 열린 문이었습니다."

윈프리가 시카고에 새로 지은 해럴드 워싱턴 도서관에 10만 달러를 기부하면서 한 말이 인상적이다.

"책은 저만의 자유에 이르는 길이었습니다. 책을 통해 저는 미시시피의 농장 너머에는 정복해야 할 큰 세상이 있다는 것을 알게 되었습니다."

지금 억눌리고 답답한가? 억눌리고 답답할 때, 원망하고 불평하지 말자. 좌절하고 낙심하지 말자. '책은 저만의 자유에 이르는 길이었습니다.' 한 권 책을 들고 그 안으로 들어가면, 그곳에 자유가 있다고 하지 않는가.

책을 통해서 참 자유를 얻은 사람으로 우리는 헬렌켈러를 기억한다.

헬렌켈러를 자유에 이르게 한 것은 독서였다. 손가락 끝으로 해낸 독서를 통해서 헬렌켈러는 육신의 장애를 훨훨 뛰어넘는 자유함을 누리게 되었다. 눈도 보이지 않고 귀도 들리지 않으니 육신으로는 암흑밖에 없을 터인데도, 손가락 끝을 통해서 정상적인 눈과 귀와 입을 가진 우리보다도 더 섬세하고 더 예민한 감각을 지니게 되었고, 세상과 자연을 그토록 생생하게 표현하였던 것이다.

"봄이 돌아와 부드럽고 포근포근한 대지를 밟으면서, 콧노래를 부르며 푸른 풀밭 가운데를 흐르는 개울에 손을 씻고 돌담을 기어올라 유유히 파도치는 푸르른 초원을 바라보았을 때, 나는 나도 모르게 소리를 지를 것 같은 커다란 환희를 느꼈습니다. 2인용 자전거를 타고 바람을 헤치면서 페달을 밟는 상쾌한 기분, 바퀴가 경쾌하게 미끄러져 나가면 몸도 마음도 설레이고 입에서는 금방 노래가 흘러나오는 것이었습니다."

이 사람의 어느 구석에서도 장애가 느껴지지 않는다. '이 사람이 장님이고 귀머거리 맞아?' 하는 생각이 들 정도로 눈 뜬 사람보다 감수성이 더 예민하고 더 잘 느끼고 있음을 알 수 있다. 독서를 통해 암흑과도 같은 인생이 활짝 피어날 수 있었던 것이다.

헬렌켈러는 고백한다.

"독서하다 보면, 나는 내가 장애자라는 것을 정말 느끼지 못합니다. 내 영혼이 훨훨 하늘을 날아오르는 것 같은, 영혼이 하늘로 솟아오르는 것 같은 희열감을 느낍니다."

이 '희열감'을 윈프리는 '책은 저만의 자유에 이르는 길이었습니다.'라고 표현하였다.

윈프리의 성공 사업

윈프리는 현재 사업가로도 대단한 활약을 한다. 경제 전문지 '포춘'이 발표한 '가장 강력한 미국 여성 사업가 50인' 명단에서, 윈프리는 휴렛 팩커드사의 여사장 피오리나에 이어서 2위를 차지했다. 아마 윈프리가 사업가로 성공하려고 머리 싸매고 사업을 했으면 망했을지도 모른다. 윈프리는 고통 속에서 독서하며 사람을 이해하는 훈련을 하다 보니, 나머지 것들이 저절로 다 이루어져 가는 체험을 하게 되었다.

급기야 윈프리는 지난 미국 대통령 선거의 부통령 후보로 나설 것을 제안받기에 이르렀다. 개혁당 후보로 대통령 선거에 출마할 뜻을 밝힌 부동산 재벌 도널드 트럼프는 자신의 러닝 메이트 제 1후보로 윈프리를 꼽았다. 트럼프는 CNN 방송의 대담 프로에서 '만약 그렇게 하겠다고 마음만 먹는다면 그녀는 멋진 후보가 될 것'이라며 윈프리를 특별한 여자로 추켜세웠다.

윈프리는 정치에 발을 들여놓지 않았다. 그러나 정치인들은 앞다퉈 그의 쇼에 출연하기를 열망한다. 2000년 대통령 선거

때, 앨 고어 후보와 조지 부시 후보는 1개월 간격으로 각각 윈프리 쇼에 출연하였는데, 공교롭게도 이들이 출연한 직후 둘 다 지지도가 한층 뛰어오르는 현상이 나타났다.

독서는 인간을 이해하기 위한 길

윈프리는 자신이 감당해야 할 지도자적 소임을 너무나 잘 알고 있는 사람이다.

"내가 사는 목적은 나를 만드신 하나님을 영광스럽게 하는 것입니다."

윈프리는 한 손에 기독교 신앙을 붙들고, 한 손에 책을 붙들고 승리한 여자다.

"나의 가장 큰 책임감은 창조주께로 향해 있습니다. 제가 스스로 성취하고자 하는 일도 역시 창조의 위업을 영광스럽게 하는 것입니다."

우리가 해야 할 일은 명확해졌다. 우리는 먼저 책을 통해서 나 자신이 변화되어야 한다. 어떻게 변화되어야 하는가? 다른 사람의 감정을 이해할 줄 아는 사람으로 변화되어야 한다. 다른 사람의 감정을 이해해서 윈프리처럼 유명해지기 위해 독서하라는 것이 아니다. 독서해서 위인 되자고 독서하라는 것이 아니다. 독서해서 돈 많이 벌자고 독서하라는 것도 아니다. 독서를 통해 얻을 수 있는 최고의 가치는 사람을 이해할 수 있는 마음을 지니게 되는 것이다.

우리는 너무나 나 이외의 다른 사람을 이해하지 못하므로 항상 불행하다. 내 친구, 내 동생, 내 아버지, 내 아들, 내 남편, 내 동료, 한 사람만이라도 진정 그 사람을 이해할 수 있는 사람이 되도록 변화되어야 한다. 우리의 본능은 다른 사람의 감정을 잘 이해하려고 하지 않는다. 독서를 통해서 훈련받고 감동받을 때, 우리 안에 사람을 이해하는 아주 좋은 감정이 싹트게 되고, 그것이 넘쳐나오게 된다.

다른 사람과 함께 울고 웃을 수 있는 사람은 행복하다. 책을 읽자. 그리고 다른 사람을 이해하자. 그러면 자신이 행복해지고, 그 사람의 삶에 평화가 찾아온다. 윈프리처럼 세상을 미워해야 할 이유가 많은 여자도 그 미움을 사랑으로 바꿔 보냈다면, 우리는 더더욱 돌려줄 것이 사랑밖에 없지 않은가.

'지도자는 독서가(Leaders are Readers.)'라고 한다.

지도자는 남을 먼저 챙길 줄 아는 사람이다. 다른 사람의 감정을 이해하고 다른 사람의 아픔을 함께 할 줄 아는 사람이 남을 먼저 생각하는 사람이다. 독서하면 그런 가슴, 그런 마음을 지닐 수 있다.

미국의 일리노이 주립 대학교는 2001년 역사학 교양 과목으로 '거물 오프라 윈프리'라는 강좌를 개설했다. 윈프리가 어떻게 흑인에게 주어진 불리한 사회적 여건을 극복하고 능력을 인정받아 미국에서 가장 많은 부를 축적한 성공한 사람이 될 수 있었는가를 연구하기 위해서라고 한다. 강좌를 연 줄리엣 교수는 '윈프리의 성장과 연관된 제반 문제를 탐구하는 데

초점을 맞출 것'이라고 밝혔다.

　이 강의의 최종 결론이 무엇일까? 그 답을 윈프리 자신이 이미 밝혀 놓고 있다.

　"나를 이만큼 만든 것은 첫째가 신앙이고, 둘째가 독서였습니다."

> 손에 뽑혀지는 책! 그것이 담은 내용과 중량에 관계없이 책상 위에 올려놓고 책뚜껑을 열려는 순간, 마음은 알지 못하는 사이에 어느 기다림에 조용히 파동치고, 흐뭇한 즐거움이 온몸에 감돌면서 나는 그만 영혼의 안주지에 몰입하고 마는 것이다.　　— 박양촌 수필집

참고자료

01. 세종
조선왕조실록, 세종실록편.
세종 연구 자료 총서, 세종대왕 기념사업회, 1983.
세종 대왕의 어린 시절, 이태극, 세종대왕 기념사업회, 1984.
세종대왕과 집현전, 손보기, 세종대왕 기념사업회, 1985.
한 권으로 읽는 조선 왕조 실록, 박영규, 들녘, 1996.
세종대왕, 김후란 외, 동화출판공사, 1975.
세종대왕, 김구진, 문맥, 1982.
15세기 한반도의 기적, 최정호.
브리태니커 사전, 1993.
한국일보, 1997-05-12.(26면)
경향신문, 1990-06-08.(7면)
중앙일보, 1993-01-04.
http://honam.chris.co.kr/

02. 나폴레옹
나폴레옹(위인 전기 30), 권오석 엮음, 대일출판사, 1999.
나폴레옹 전, 에밀 루, 동서문화사, 1977.
나폴레옹 시대, 피에르미켈, 동아출판사, 1987.
나폴레옹 보나파르트, 레슬리, 대현출판사, 1993.
나폴레옹, 레슬리 맥기어 지음, 김기연 옮김, 대현출판사, 1993.
이광요, T.S 죠오지 지음, 민효기 옮김, 추리문학사, 1988.
드골 평전, 송건호, 태양문화사, 1978
부흥, 전병욱, 규장문화사, 1999.
독서의 역사, 알베르토 망구엘, 정명진 옮김, 세종서적, 2000
세계를 움직인 12인의 천재들, 이원용

03. 링컨
링컨(세계 위인 전집15), 대하출판사, 1981.
링컨의 일생, 클라라 잉그램 저드슨, 문공사, 1982
링컨, 칼 샌드버그저, 정음문화사, 1982
아브라함 링컨, 벤자민 토마스 지음, 안병욱 역, 삼육출판사, 1990.
책 읽는 사람이 세계를 이끈다, 김영진 지음, 웅진출판, 1995.
책은 읽히고 싶다, 장욱순, 정석희 역, 국민 독서 문화 진흥회, 1993.
브리태니커 사전, 1993
http://user.chollian.net/

04. 정약용
정약용, 이익성 편역, 한길사, 1992.
다산 정약용의 서학사상 연구, 김옥희, 순교의 맥, 1991.
조선 왕조 실록, 정조실록편.
유배지에서 보낸 편지, 정약용 지음, 박석무 번역, 창작과 비평사, 1993.
소설 목민심서, 황인경 지음, 삼진기획, 1992.
한국 민족 문화 대백과 사전, 한국 정신 문화 연구원, 1994
두산 동아 백과 사전, 1982.

05. 에디슨
에디슨, 이영준 엮음, 상서각, 1997.
대 발명가 에디슨, 양병탁 역주, 삼중당, 1981.
세기의 지도자(현대 세계 인물 전집1), 이상호 외 편저, 전진도서출판사, 1973.
위대한 발명가 에디슨 외, 시사문화사 편집부, 1987.
나의 젊은 시절, 처칠 지음, 서울 문화사, 1973.
책 읽는 젊은이에게 미래가 있다, 조만제 지음, 두란노, 1996.
독서 가족 만들기 31일, 송광택 지음, 내가 사랑하는 책, 1995.
브리태니커 사전, 1993.
두산 동아 사전, 1982.
동아일보, 1998-03-09(19면)

66. 헬렌켈러
헬렌켈러와 설리반 선생, 헬렌켈러, 수도문화사, 1957.
헬렌켈러 자서전, 헬렌켈러 지음, 윤문자 역, 집문당, 1989
새로운 빛을 향하여, 헬렌켈러, 명문당, 1988.
http://my.netian.com/~feferos/human

67. 모택동
대지의 별, 한수인 지음, 일월서각, 1986.
모택동과 그의 비서들, 섭영렬 지음, 화산문화, 1995.
모택동자서전, 에드가스노우 저, 신복용 옮김, 평민사, 1985.
모택동의 어린 시절, 샤오유 지음, 조명준 옮김, 한겨레, 1986
모택동, 슈람 지음, 김동식 옮김, 두레, 1979.
인간 모택동, 취엔 옌 지음, 녹두, 1993.
나의 청춘기, 처칠, 청목, 1993.
책과 어떻게 친구가 될까, 안도섭 지음, 소나무, 1993
독서의 역사, 알베르토 망구엘 지음, 정명진 옮김, 세종 서적, 2000.
브리태니커 사전, 1993.
http://my.netian.com/~ran004

68. 김대중
DJ의 독서 일기, 김경재 지음, 인북스, 2000.
김대중 자서전, NHK 구성, 김용운 역, 인동, 1999.
새로운 시작을 위하여, 김대중, 김영사, 1994.
김대중 옥중 서신, 김대중, 새빛문화사, 1992.
역사 속의 인물 엿보기, 참교육기획 편, 유원, 1999.
빌 클린턴 이야기, 로버트 레빈 지음, 정무형 옮김. 한울, 1993
빌 클린턴, 찰스 알 지음, 동아출판사, 1993.
백범일지, 김구, 문학예술사, 1982.
안중근 유고집, 신용하 엮음, 역민사, 1995.
http://kr.encycl.yahoo.com
http://www.cwd.go.kr

69. 박성수
일하는 사람들, 책읽기가 힘드십니까, 박성수 칼럼, 1994. 10.
일하는 사람들, 성과를 향한 도전, 박성수 칼럼, 2000. 4.
일하는 사람들, 하프타임이 필요한 때, 박성수 칼럼, 2000. 8.
매일경제, 2000-03-07. 책 읽는 노하우, 박성수
중앙일보, 2000-05-03(37면), 2000-05-24(5면)
한국경제, 1995-08-03(10면), 1997-06-09(15면)
독서 새물결 소식, 19호.
요한 웨슬리의 생애, 바실 밀러, 생명의 말씀사, 1981.
부자 아빠 가난한 아빠, 로버트 기요사키 샤론 레흐트 지음, 형선호 옮김, 황금가지, 2000.
http://www.eland.net/

70. 오프라 윈프리
오프라 윈프리의 특별한 지혜, 빌 애들러 엮음, 송재훈 옮김, 집사재, 1999.
클린턴, 짐무어, 릭이데 지음, 김여대 선재규 옮김, 세경사, 1992.
내 영혼의 눈을 뜨고, 헬렌켈러 지음, 최용미 옮김, 지문사, 1995.
중앙일보, 2001-05-25.
한겨레, 2001-02-22.
대한매일, 2001-05-01(06면)
경향신문, 2000-09-21(08면), 1998-02-28(07면)
문화일보, 1998-09-22(08면), 1997-01-27.
국민일보, 1998-07-13(11면).
http://korealink.co.kr/
http://m2000.co.kr/week/